MANUEL NONÍDEZ

LA CRIPTA DE LOS TEMPLARIOS

Drakul
EDITORIAL

Primera edición, diciembre de 2024.

Corrección: José Luis Casillas.
Diseño de cubierta: HC Book Design.
Maquetación: José Luis Casillas.
Editor: Javier Ortiz.

Apartado de correos 100
28945 Fuenlabrada
Madrid – España

www.drakul.es

ISBN: 978-84-128070-2-8
Dep. Legal: M-19706-2024 Unión Europea

El hoy y el ayer son las piedras con que construimos.
Henry W. Longfellow

I
Idus de octubre de 1315
(Era de 1277)

—Hermoso animal; demasiado valioso para ocupar el puesto de una acémila, ¿no os parece?

Roger de Vichiers, desde su puesto de conducción del carromato, observaba a los campesinos que se dirigían a él con expresión sombría. Cuatro eran los que les habían cortado el paso y no tenía forma de adivinar sus intenciones. Tanto podían ser salteadores de caminos, como labriegos con ganas de diversión al regreso de las tareas del campo, o una conjunción de ambas posibilidades. De cualquier forma, sus dudas no se prolongaron demasiado tiempo.

—¿Acaso no tenéis lengua? Por un semental como el que tira de vuestro carro, a cualquier señor de estos predios no le importaría dejar un vacío generoso en su bolsa de dineros. ¿Cómo lo habéis conseguido?

Ante la falta de respuesta y atendiendo a un gesto del que hablaba, uno de los asaltantes retuvo las riendas del caballo que, adiestrado militarmente para no permitir que ningún enemigo pudiese sujetarlo por el bocado, piafó nervioso y, encabritándose, hizo que el destartalado carro de un solo eje al que estaba uncido, se balanceara peligrosamente, amenazando con arrojar de él a su conductor.

El profundo gemido, que surgió tras los cortinajes del carromato, hizo que otro de los salteadores descorriese el lienzo de la trasera.

—¡No viaja solo! —exclamó—. Aquí hay otro más..., pero no hay cuidado, parece más dispuesto a rendir cuentas al demonio que a plantarnos cara.

Roger descargó con furia la vara sobre los nudillos del que sujetaba las riendas que, retorcido de dolor, las soltó de inmediato. Los restantes se aproximaron amenazadores.

—¡Escucha, eructo del demonio —el cabecilla tomó de nuevo la voz cantante—; no somos ladrones! Mejor para ti si hacemos un trato: traslada al moribundo hasta nuestra carreta de heno y alégrate del cambio; él, mullido entre paja y tirado por un buey, irá cómodo y tú tendrás una vida más larga. ¿Qué contestas?

Roger de Vichiers mantuvo con largueza la mirada de sus oponentes mientras en su cabeza se entrecruzaban vertiginosamente pensamientos contradictorios. Aspiró aire en profundidad e hizo lo posible por dominar la ira que lo embargaba. Aquellos rufianes, aunque estúpidos, eran afortunados; el bautizo que en su día los liberó del pecado original, también los preservaba ahora contra una muerte rápida.

Tomó de la zaga un envoltorio alargado y poniendo cuidado en que los codiciosos campesinos pudieran observarlo, apartó el paño que cubría la empuñadura y el primer tramo de la bruñida cuchilla de la espada.

—Si mi hermano muere antes de que pueda recibir ayuda médica, vuestras cabezas penderán de las esquinas del carro —gruñó con duro acento extranjero que no pasó desapercibido a los labriegos.

—¡No estás en condiciones de amenazar, perro francés! —se revolvió el que vigilaba la trasera del carro.

Con un ademán, el cabecilla contuvo a su compinche. El pesado caballo de combate que tiraba del carro y aquella espada, tan particular, no podían pertenecer a unos viajeros comunes.

—Templarios —masculló entre dientes.

—¿Qué?

—Sacad los bueyes del camino.

—No nos iremos sin…

—¡Haced lo que os digo! ¡Ahora!

La orden del jefe se debió de perder en el viento, pues nadie mostró intención alguna de obedecer.

Algo azorado se dirigió de nuevo a Roger, procurando disimular el tono amenazante de sus palabras.

—Disculpad la torpeza, sire[1]; no os reconocimos sin ropas talares. En adelante consideradnos amigos; yo estuve en Alba de Aliste durante el asedio que sufrieron allí los hermanos de vuestra Orden…

—Puedo adivinar en qué lado del muro servías.

El desplante de Roger, lejos de hacer mella en el campesino, despertó sórdidos destellos en su mirada:

—Decidme, monseñor; ¿atravesasteis las montañas precipitadamente… solo con lo puesto? Ah, no, imposible; la huida no es propia de caballeros del Temple, ni

1. Tratamiento de cortesía o respeto. En la Edad Media, trato de señor.

de simples sargentos. Bien pudiera ser que transportarais oculta alguna lindeza sacada de los conventos de vuestra tierra. ¿Estoy en lo cierto? ¿Bienes de vuestra encomienda, quizá?

—¿De cuándo acá se dan explicaciones a los siervos? ¡Retirad a esas bestias del paso u os haré cargar con ellas!

Orgullo. Pese a todos los sufrimientos padecidos en los últimos tiempos, aún quedaba en el corazón de Roger de Vichiers suficiente cantidad como para que sus palabras surgieran teñidas de él.

—*Allons, allons,* Baibars! —arreó a la caballería, mientras hacía restallar la vara a escasos centímetros de la piel del animal.

—¡A ellos! ¡Somos cuatro; no tienen posibilidades de escapar! —jaleó uno de los labriegos.

—¡Quietos!

Tajante, el que parecía su jefe dejó que el carro se alejase hasta desaparecer en la distancia.

—¡Hemos perdido un buen puñado de monedas! —se quejaron.

—¡Mendrugo! No lamentes lo que no está a tu alcance: a un caballero del Temple le está prohibido derramar sangre de cristiano si no le va en ello la vida. Hemos salido bien librados porque no somos más que polvo del camino en sus calzones.

—No es menester respetar fugitivos con el cuello puesto a precio y el trasero tostado en las piras de la Inquisición. Desde que el Santo Padre ordenó disolver la Orden del Temple, quien acabe con esos herejes hará buen servicio a la cristiandad.

—Ya no existen los templarios, Lucas.
—¿Y estos?
—Lo que hemos visto pasar son sus fantasmas.

Roger desvió la mirada hacia el camino que quedaba a su espalda; un rictus de tristeza le endurecía el gesto.

Hubiese preferido esperar la caída del sol, al resguardo de la alameda abandonada poco antes, y atravesar el poblado de colonos por donde ahora pasaban en la seguridad de la noche cerrada, pero el encuentro con los labriegos había desbaratado sus planes. Posiblemente no tardarían en regresar a la aldea para relatar, vívidamente, cómo capturaron a dos templarios galos a quienes, por compasión, pusieron en libertad, pese a la recompensa que sin duda les aguardaba al otro lado de los Alpes Pirineos y el buen pellizco que hubieran obtenido al vender el codiciado rocín de guerra junto con su destartalado carromato. Pero… ¿quién, que se llamara buen cristiano, podía impedir al freire llevar a su hermano ante un sacerdote que lo ayudase a bienmorir? Con toda seguridad, el Señor les reservaría un asiento a su diestra por tan piadoso proceder.

—*Hypocrites*… —El caballero sonrió con ironía de viejo soldado. Las precauciones ya no eran necesarias.

El sol vestía el cielo de negro violáceo y retazos anaranjados, cuando los ladridos de los perros acusaron su presencia atravesando el misérrimo caserío de adobe y caña. Alguna bujía mortecina iluminó los ventanucos, pero los viajeros no lograron despertar el interés necesario para que alguien se asomara a ellos.

A una legua de la aldea, encontraron un humilladero techado de tablas amparando el cruce de caminos. En su proximidad, un venero se desbordaba en un fino hilo plateado que, atravesando la senda, se perdía embebido entre los abrojos de la pendiente. Cerca de allí, oculto a la vista del camino, encontraron un claro entre los árboles y se detuvieron a descansar.

Roger extendió la manta a rayas blanquinegras para dar forma al lecho donde reposaría Guy de Saint-Euvert, su hermano en la fe, a quien no tuvo dificultad para trasladar en brazos desde el carro. En sus años jóvenes, Guy había sido un caballero fornido, de considerable estatura; ahora, anciano y consumido por la enfermedad y los sufrimientos, se había transformado en un triste remedo de sí mismo.

Con sumo cuidado, Roger rozó su frente y retiró en seguida la mano con alarma: de nuevo le devoraban las fiebres. Humedeció paños para refrescarle frente y axilas, tal como había visto hacer tantas veces al hermano enfermero en su querida y lejana encomienda de Coulommiers, en Brie, aunque fue del *miège fésicien* de San Juan de Acre, en Tierra Santa, de quien había aprendido la mezcla de hierbas que mitiga la fiebre. No en vano, la Orden siempre dispuso de los mejores y más reputados médicos, árabes o judíos en la mayoría de los casos, que entendían la manera adecuada de tratar el cólera, la disentería y los paludismos endémicos de aquellos lugares elegidos por el hijo de Dios para anunciar su mensaje.

Deslizó el eslabón sobre el pedernal y la yesca comenzó a humear. No debía encender fuego, pero tampoco tenía forma de evitarlo. En la noche se convierte en enemigo delator y el olor de la madera quemada es su mejor aliado. Los perseguidores no podían estar demasiado lejos y no pretendía darles facilidad alguna para que cayesen sobre ellos, como lobos hambrientos, en la profundidad del sueño.

Paseó la mirada por la maleza que en derredor servía de frontera entre la oscuridad y el campamento, mientras acariciaba la empuñadura de la daga sarracena oculta entre la ropa. No pudo evitar el escalofrío familiar que recorría su espina dorsal cuando, antes del combate, divisaba al enemigo al otro lado de la llanura. Entonces eran musulmanes, ahora les pisaban los talones gentes de su propia religión.

Antes de cruzar los Pirineos, eran ya conscientes de que al menos una partida se encontraba tras sus huellas y no se trataba de simples ilusos como los labriegos con los que se habían tropezado en el camino, sino de mercenarios que olfateaban el botín.

Años atrás, hubo un tiempo en que la muerte de Guillaume de Nogaret les hizo albergar esperanzas de que la terrible persecución a la que eran sometidos los templarios se mitigaría un tanto, al menos en sus aspectos más terribles, pero la expectativa se había desvanecido por completo cuando el rey francés Felipe IV, malnombrado el Hermoso, depositó tal tarea en manos del inquisidor de París que, junto con el cargo, había heredado el odio visceral de su antecesor por los caballeros del Temple.

Sin embargo, ninguno de los culpables de la agonía de la Orden pudo disfrutar de su obra: Nogaret había muerto antes de que el último maestre templario se consumiese en la hoguera; *le Belle*, el rey, no sobrevivió siquiera un año al acontecimiento. Un extraño accidente de caza le envió a rendir cuentas al Creador. Ocho meses antes le había precedido el Papa, Clemente V, retorciéndose en el lecho preso de insufribles dolores de vientre... ¿envenenado? Los médicos habían predicho su mejoría, pero, poco después, tuvieron que amortajarlo. En cuanto a Esquieu de Froyran, el templario traidor, apareció apuñalado una mañana en el barrizal de una calleja... ¿Era casualidad o se estaba cumpliendo la maldición que algunos pusieron en boca de Jacques de Molay en el momento de su muerte?

Roger de Vichiers se rebeló contra sus espectros amontonando leña hasta lograr que la lumbre cobrase proporciones considerables; por un momento, el viento hizo bailar las llamas ante sus ojos y trajeron a su recuerdo aquella otra hoguera encendida años atrás en una isla del Sena en la que, mordiéndose los labios hasta hacerlos brotar sangre, pudo contemplar vivo por última vez a su maestre. Con ira, arrojó un tizón contra la oscuridad para retarla con gesto altivo. Ya que tanto el papa como el rey les habían negado la justicia, él no trataría de encontrar clemencia en ninguno de sus esbirros.

—Nunca vendrán cuando los estéis esperando...

Guy se había despertado y observaba al compañero con la mirada pintada de luces febriles. Los paños de agua fría habían mitigado un tanto la calentura, pero su voz no podía disimular el dolor apenas acallado.

—... Y alguna vez os habrá de vencer el sueño. ¿Quién vigilará entonces?

—Baibars.

Una mueca indescifrable se dibujó en los labios del caballero; quizá una sonrisa, quizá un gemido abortado al nacer.

—Un animal cortesano; yo no confiaría demasiado en él.

Había verdad en aquellas palabras; qué diferente este caballo de cualquier otro que fuera compañero de combate en Tierra Santa. Aquellos presentían los preparativos de la batalla en el aire y lo anunciaban al viento en su patear nervioso al acomodarles la silla. Eran armas de sangre caliente, viva e inteligente, que maniobraban según las necesidades del jinete antes de recibir orden alguna. Un paso atrás, a veces un giro inesperado, y los nobles brutos interponían la distancia precisa para que la cuchilla musulmana rasgase el aire sin encontrar cristiano a quien herir.

—Debéis descansar mientras logre mantenerme consciente..., aunque no os pueda asegurar un sueño prolongado.

Sonrió; Guy de Saint-Euvert se iría con el Señor en cualquier momento y ambos caballeros lo sabían; así todo, el hermano no dejaría de presentar batalla hasta el último aliento.

Lo recostó contra el tronco de una encina próxima y puso en sus labios el cuenco de hierbas.

—No perdáis tiempo conmigo, hermano, nuestra misión... Vuestra misión —rectificó— es lo único importante; yo...

—Procurad no agotaros. ¿Cuándo se ha visto que un templario abandone a otro hermano herido?

—El reino cristiano de ultramar fue un sueño de otros tiempos, Roger; olvidaos de él. Salvar la vida os permitirá cumplir con la obligación encomendada y, entonces, tal vez aún se pueda soñar con una Orden resurgida de sus cenizas, fuerte e imposible de doblegar por reyezuelo ambicioso ni papa pusilánime alguno…

Un acceso de tos segó de raíz sus palabras; cuando pudo recuperarse, la voz se había transformado en un susurro débil y entrecortado:

—Dejadme descansar aquí; en la juventud me horrorizaba la idea de que mis huesos se blanquearan en el desierto; ahora están rotos y cansados y no me importaría quedarme en esta tierra que se parece tanto a mi Orléans natal… Partid al amanecer. Lo que se oculta en el carruaje debe llegar a su destino; es lo único importante. Tomad esta orden de parte de Dios.

Demasiado discurso para fuerzas tan menguadas; Guy de Saint-Euvert descansó la cabeza contra el tronco y entornó los párpados:

—Hay tanta paz ahora…

Acompañando al tasajo, Roger engulló un pedazo de pan duro reblandecido con agua:

—Trataré de dormir después…

El caballero ya no podía oírle: un profundo sopor lo había aliviado de sus sufrimientos. Se alegró por él; en los últimos días los dolores se habían vuelto insoportables y el traqueteo del carro lo martirizaba constantemente.

Se llevó de nuevo el alimento a la boca y en ese instante le llegó nítido el crujido de ramas rompiéndose entre las sombras. Baibars enderezó las orejas y relinchó inquieto. Roger, de un salto, se puso en pie con la daga en la mano, escrutando expectante la oscuridad.

Capítulo 1
En el presente

La explosión del cohete fue el primer anuncio de que la localidad estaba en fiestas. Poco después, un pasacalle de seis músicos con camisas blancas recorría el pueblo, despertando a los que remoloneaban entre las sábanas con los sones de *Paquito el Chocolatero.*

Kiko tenía el sueño pesado, por eso cuando la banda pasó bajo su balcón, lo máximo que consiguió fue que abriese un ojo justo a tiempo de ver el objeto que, tras un reguero de chispas, se colaba volando en su dormitorio y explotaba antes de caer al suelo. La horrible detonación le hizo ponerse en pie precipitadamente y correr hacia la ventana.

—¡Pirulo, cabezón! ¡Seguro que has sido tú!

—¡Vamos, bolo, por tu culpa nos vamos a perder las porras! —oyó protestar a sus amigos desde la calle.

Miró el despertador sobre la mesilla de noche y se llevó las manos a la cabeza.

—¡Aguantad un poco, que ya bajo! —gritó hacia la balconada, mientras se desprendía del pijama y con él trataba de aventar el olor a pólvora que el petardo había dejado en el cuarto.

Hizo el intento de ponerse el pantalón después de las deportivas, y lo único que consiguió fue un atasco de zapatilla en la pernera y un traspié que lo derribó contra la cama. También quiso pasar por alto el cuarto de baño, con la esperanza de que las tareas de la casa tuviesen a su madre tan entretenida que no pudiese prestarle atención, y se lanzó escaleras abajo a toda velocidad, pero sin suerte. Cerca de la salida, una voz cálida y familiar lo detuvo:

—Por esa puerta nunca ha salido un hijo mío sin asear.

—Pero mamá…, la hora… Tengo prisa.

—Entonces no pierdas tiempo y sube a arreglarte.

—No me hagas esto, por favor.

Su madre no estaba dispuesta a ceder un ápice; él lo leyó en su mirada.

—Y no se te olvide que a las doce tienes que estar ante la puerta de la iglesia.

A regañadientes subió de nuevo al piso superior y, tras una sesión de lavado y peinado de urgencia, se reunió con sus amigos, que lo recibieron entre aclamaciones de júbilo:

—¡Llevamos más de una hora esperando al señorito!

—¡No te fastidia el tío; si no puedes cumplir, no quedes!

—¿Viene Marta con nosotros? —preguntó Kiko sin hacer el menor caso de los comentarios.

Pirulo negó con la cabeza:

—Mi hermana se queja de que solo nos apuntamos a concursos para críos, así que se inscribió en el torneo de ajedrez del Hogar del Pensionista.

—Peor para ella —terció Tomás—; ¡menudo aburrimiento! ¡Vámonos zumbando, que el nuestro ya habrá empezado!

En la plaza, unos tableros montados sobre borriquetas hacían las veces de mesas provisionales. A ambos lados, en sillas plegables, se encontraban alineados los equipos según la edad de sus integrantes y, entre ellos, fuentes de porras recién hechas y cuencos amplios que, en esos momentos, se llenaban de chocolate caliente.

La mecánica del concurso era sencilla: con los ojos vendados, cada uno de los jugadores trataba de mojar la porra en el cuenco y dársela a comer al compañero que tenía enfrente.

A pesar del mantel de papel que, a modo de servilleta prendida, llevaban enrollado al cuerpo, media hora después todos daban la sensación de haber cruzado a nado la perola del chocolate.

Las lágrimas que a Tomás se le saltaban de la risa, escurrían bajo el pañuelo dibujando en su cara una máscara churretosa de película de miedo. Pero la juerga general estalló cuando, finalizado el concurso, pudieron quitarse los pañuelos y ver el estado en que habían quedado los participantes. Entretanto Damián, el alguacil, ponía buen cuidado en recogerlo todo con la cámara de vídeo para vender luego a forasteros y convecinos la película de las fiestas.

—Con razón mi madre me hizo poner el chándal viejo —decía Luisma—. ¡Si me pringo así la ropa de guapo, le da algo!

—Verás cuando me eche el ojo encima la mía —se quejó Kiko—, prometí que no faltaría en la procesión... ¡Y mirad cómo me he puesto de chocolate! ¡Como me vea, me saca a gorrazos del pueblo!

Pirulo señaló el reloj del ayuntamiento.

—Si te das prisa, todavía puedes encontrarla en la puerta de la iglesia; debe de estar a punto de salir.

Camino de su casa, Kiko pasó por la plaza donde se estaban reuniendo los romeros: el señor cura aún no se encontraba entre ellos. Una sonrisa de esperanza se dibujó en sus labios y apretó el paso. Con un poco de suerte, cuando la procesión pasara ante su puerta, le daría tiempo a incorporarse. Quizá así su madre no tendría demasiado en cuenta el retraso.

Aunque para San Esteban, en septiembre, se celebraban las fiestas menores de la localidad, Kiko siempre había preferido las de la Virgen de la Encina, porque en agosto el censo de habitantes se duplicaba con veraneantes y familiares desplazados a la ciudad, que regresaban para pasar esos días junto a padres o abuelos, y el concejal de Cultura y Festejos tiraba la casa por la ventana en las celebraciones.

Se barrían a fondo las calles; los empleados del Ayuntamiento arreglaban los jardines y el pueblo se vestía como para salir de paseo, con guirnaldas y banderolas de plástico que revoloteaban en el cielo de un tejado a otro de la calle y flores de papel que, engalanando rejas, expandían por el aire aroma de fiesta y un tenue alborozo que colmaba el ambiente.

Las campanas, al vuelo, llenaron los rincones con el sonido del bronce batido y Kiko salió disparado todo lo que daban sus piernas. Desde muy pequeño, cuando aún su padre lo llevaba a hombros, el muchacho no recordaba haber faltado ningún año a la procesión y no tenía el menor interés en que este fuera el primero; porque, además, disfrutaba participando en aquel rito a fecha fija en que los romeros llegaban en procesión hasta la ermita, que distaba del pueblo poco más de cuatro kilómetros, para tomar a la virgen del altar y regresar con ella, entre cánticos y plegarias, hasta la iglesia, donde quedaba depositada hasta el último día de la fiesta. Momento en que los mozos hacían el camino inverso, «la recogía» como lo llamaban ellos, para devolverla en volandas hasta su hornacina de la ermita.

Como una exhalación subió hasta el cuarto de baño; se desprendió de la máscara de chocolate y preparó la ducha en un santiamén. Una vez aseado y con ropa limpia, esperó en la puerta de la casa a que llegase la comitiva que ya doblaba la esquina de la calle.

En primer término aparecieron Ruano e Ismael, dos de sus amigos, en ropa de monaguillo, llevando las cruces procesionales. Tras ellos, las fuerzas vivas de la localidad, el alcalde y su teniente de alcalde acompañados de concejales y familias, al frente de los cuales marchaba don Agustín, el párroco, con ropas talares y bajo palio «que el camino es largo y la calor mucha», como se justificaba el hombre socarronamente. Valentín, el hijo del panadero, llevaba el incensario, balanceándolo en un vaivén tontorrón de puro banal, pues este solamente se prendía al «bajar» la estatua de la virgen de la Encina desde la ermita.

Las andas, sin la imagen de Nuestra Señora, pero abarrotadas de flores deliciosamente colocadas, las portaban las féminas de la localidad, entre las cuales se había hecho previamente un sorteo para dejar bien claro quiénes eran las agraciadas.

Don Agustín intervino para que así se hiciera porque estaba más que harto de los problemas que año tras año suscitaba el hecho. Hubo veces en que las feligresas se habían retirado la palabra durante meses por disputarse el derecho a portar las flores hasta la ermita.

A la vuelta, la talla de la virgen era transportada por los mozos que habían pujado más alto en la subasta de la víspera. El párroco tenía puestas sus esperanzas en ese dinero para reparar el tejado de la iglesia, nunca sin goteras y siempre a falta de presupuesto suficiente para eliminarlas del todo.

Tras la comitiva de autoridades llegaba la Cofradía de Nuestra Señora de la Encina, de la que Kiko, afiliado a ella por sus padres desde el día siguiente a su nacimiento, era el portaestandarte oficial.

Respiró hondo; todo estaba bajo control. Cuando llegasen a su altura, se incorporaría a la comitiva para relevar al portador del pendón. Su madre tendría que conformarse con dirigirle una mirada reprobatoria y ahí quedaría todo... Y ahí podría haber quedado si no hubiera sido porque quien lo llevaba era Maurino. De todos aquellos a los que don Agustín podía haber encomendado el trabajo, Maurino era con quien menos le gustaba tener que vérselas. La relación que mantenían ambos muchachos no era precisamente amistosa.

En fin, suspiró, así estaba la situación y no podía haber marcha atrás.

Como una sombra, se fue deslizando entre la comitiva hasta lograr acercarse a la enseña.

—Lo siento; no he podido llegar antes —se excusó con un susurro al oído de Maurino—. Pásame el palo.

El muchacho le miró con cara de sorpresa.

—Ni lo sueñes; este trabajo me lo han encargado a mí.

—Tú no eres quien tiene que llevarlo…

—A partir de ahora lo soy. ¿O es que se va a confiar en alguien que no sabe cumplir con sus obligaciones?

Kiko elevó la mirada al cielo y con ademán de impotencia pidió perdón anticipadamente por lo que iba a hacer, se alzó de hombros y descargó el tacón de su zapatilla contra la punta del pie de Maurino. Un gemido ahogado se disolvió entre los murmullos del gentío cuando el muchacho soltó el mástil para llevarse las manos a la zona dolorida mientras saltaba sobre una sola pierna.

Una mirada inquisitiva de don Agustín fue todo el correctivo que recibió Kiko por el bullicio armado al recuperar la enseña. Buscó a su madre entre los romeros, esperando que el castigo vendría por aquella parte, pero la encontró ausente, sin interés por lo que sucedía a su alrededor. Oteaba los puntos cardinales en busca de algo, o alguien, con evidentes síntomas de preocupación. Entonces Kiko cayó en la cuenta de que se encontraba sola; su marido no la acompañaba.

Debe de estar furiosa; yo llego tarde y mi padre no ha regresado aún, pensó mientras recordaba que la noche anterior, a la hora de la cena, el cabeza de familia les había puesto al tanto de su intención de subir a primera hora de la mañana hasta las tierras de la Atalayuela para echar un vistazo a las vides.

La finca de ese nombre, un hermoso terreno que los padres de Kiko habían recibido de los suyos, comprendía una viña de más de mil quinientas cepas y un pequeño olivar de no más de cincuenta árboles que atendía la familia como una obligación más de la casa.

Uno de los extremos del solar lo delimitaba una antiquísima torre vigía de donde el terreno tomaba el nombre.

En tiempos de moros, aquel torreón cilíndrico se había izado airoso sobre las profundas barranqueras de la cuenca del Torcón, vigilando los caminos de acceso al pueblo; ahora era una ruina mutilada de la que quedaban poco más que un par de metros de rudo muro de mampostería relleno de argamasa de cal y canto, pero a Kiko le fascinaba el paisaje que aún se podía divisar desde sus altaneros escombros.

Cierto era que aquellos restos no tenían valor arquitectónico ni arqueológico alguno y por ello nadie se hubiera opuesto a que Venancio, padre de Kiko y antecesor en el cargo al actual concejal de Cultura y Festejos del Ayuntamiento, terminase de derrumbar la edificación para ampliar el terreno; e incluso sus convecinos lo embromaron el día que se negó a vender la piedra al constructor de una urbanización, pero el hombre no se sintió capaz de hacerlo:

—La levantaron los abuelos de nuestros abuelos; ha estado ahí cientos de años, esperando paciente para que yo pudiera verla y os aseguro que he de conseguir que mis hijos, mis nietos y también los vuestros, la conozcan —se defendía el hombre ante las bromas de sus amigos.

Un redoble de tambor señaló el momento en que la banda debía atacar una marcha militar y sacó a Kiko de su ensimismamiento. La comitiva había llegado a las afueras del pueblo y enfilaba la carretera de la ermita…, o de la Atalayuela, que tanto era, ya que esta transcurría entre ambos lugares, sin que su padre diera señales de vida. Aquella situación anormal hacía que su imaginación se cargase de espesos nubarrones. ¿Y si el hombre había resbalado accidentalmente por las barranqueras y yacía herido o… algo peor?

Comenzó a removerse inquieto entre la multitud, buscando a Maurino para devolverle el estandarte, pero no lo pudo encontrar. Seguro que había vuelto a su casa con lágrimas en los ojos y cavilando la manera de tomarse cumplida venganza. Ya se ocuparía de eso a su debido tiempo, ahora lo primordial era localizar el paradero de su progenitor.

Trataba de acercarse a su madre para comunicarle que no podía esperar más, que se iba a llegar hasta la Atalayuela en una carrera; cuando la vio sonriente y con los ojos puestos en un punto en la lejanía.

Kiko siguió su mirada y reconoció de inmediato a su padre en la figura menuda del hombre que se acercaba a la comitiva en dirección contraria, a toda velocidad y haciendo ademanes exagerados con los brazos.

—¡Parad; deteneos…! ¡Es algo extraordinario! —se le oía decir en medio del sofoco.

Los romeros se arremolinaron en torno a él, de manera que don Agustín hubo de rogarles que se retirasen para que Venancio pudiese recuperar el resuello que se había dejado en la carrera.

—No… ¡No lo creeréis!

—Calma, hombre, te vas a ahogar tú y a nosotros nos va a dar un pasmo parados aquí, en medio de la solana —concilió el señor cura que, aunque estaba bajo sombra, miraba por los feligreses que se habían dejado el sombrero en casa.

—Es verdaderamente insólito, don Agustín. Allá, arriba, en la torre…

—¿Qué, hombre de Dios, qué?

El padre de Kiko hizo una pausa para tomar aire y sacudirse el polvo que lo cubría de pies a cabeza.

—Es que nadie lo va a creer.

—Que sí, Venancio, que sí; palabra de primer edil, y al que no lo haga…, lo mando de regreso al pueblo, pero ¡termina de una vez! —intervino Sebastián, el alcalde, que estaba tan en ascuas como el resto de sus convecinos.

El padre de Kiko aspiró profundamente y espetó:

—He hecho un descubrimiento en la Atalayuela; algo asombroso. Habrá que dar cuenta a la Guardia Civil.

II
16 de octubre de 1315

Los primerizos rayos de sol del nuevo día juguetearon entre las ramas de las encinas, dibujando sombras chinescas en el rostro de Roger, que no hizo el menor intento por cubrirse los ojos.

Cargaba sobre sí el cansancio de demasiados días de huida y sobradas noches de vigilia, atento al crepitar de ramas que las alimañas rompían en la oscuridad y al propio bisbiseo del viento, que sentía deseos de precipitar los acontecimientos sin importarle cuál fuese el resultado.

De no estar sujeto por sus votos religiosos, habría concluido con la situación mucho tiempo atrás. Hubiese bastado con esperar en cualquier recodo del camino a que apareciesen sus perseguidores, hacerles frente y determinar en aquel mismo lugar quién tuvo mejor maestro de armas, pero había abandonado la vida secular para entrar en la Orden del Temple y, aunque corrían tiempos excepcionales y nadie podría recriminarle cualquier solución drástica que le permitiese llevar a cabo la misión que llevaba encomendada, las viejas enseñanzas seguían pesando sobre su ánimo y en lo más profundo se negaba a contravenir reglas obsoletas, olvidadas por otros.

Se incorporó con la torpeza de quien soporta sobre sus espaldas un peso excesivo y sonrió con amargura; ya no se sentía joven y los años en sus huesos pasaban factura.

Cuarenta y dos eran demasiados para exigirle al cuerpo la agilidad derrochada en batallas y escaramuzas antaño libradas, en la custodia de los Santos Lugares y en la protección de los peregrinos que hasta ellos viajaban.

Ahora, cuando la vejez se adivinaba imparable, cuando la Orden lo había dejado descansar en un puesto tranquilo contabilizando los salarios de leñadores y aparceros en su recóndita encomienda rural, se veía obligado a hacer frente a un último reto digno de menos años y mejor salud.

De un manotazo se deshizo de los turbios pensamientos. Respiró hondo. Apartar de su nuca el aliento de la persecución y conseguir que el hermano Guy recibiese los cuidados que requería eran menesteres de prioridad absoluta.

Con instinto de zorro viejo, oteó la floresta y las posibilidades que esta le ofrecía. Ocultar el campamento a la vista del camino solo había sido una prevención útil en la noche; con la luz del día, las rodadas impresas en el barro del manantial eran el mejor indicio para llegar hasta donde se encontraban, pero su experiencia militar haría que esto, lejos de ser un inconveniente, se tornara en su mejor aliado.

Reavivó con leña nueva las brasas de la ya casi sofocada hoguera, y tras cubrir con una manta los excrementos del caballo para preservar su temperatura, buscó la rama adecuada con que preparar el artificio. Después, levantó el campamento y se puso en camino.

Un cuarto de legua adelante, ató las bridas del caballo a un tocón y, asegurándose de que Guy no pasaría frío, armose de acero y ballesta desandando después el trecho recorrido.

Al llegar, examinó los restos del refugio abandonado anteriormente desde la perspectiva del enemigo y la visión lo satisfizo. No eran más que los residuos que hubiera podido dejar cualquier viajante despreocupado.

Eligió un árbol. Tras armar la ballesta y colgarla de una horquilla entre dos ramas, trepó a la más gruesa y dispuso desde allí la celada.

La mañana fue transcurriendo en tensa espera, en la que Roger se mantuvo atento al más leve movimiento de los arbustos, a cualquier crujido que pudiera delatar la proximidad humana, pero nadie hizo acto de presencia.

A mediodía llegó a sentirse avergonzado; quizá no existiesen perseguidores, posiblemente solo estaría tratando de protegerse de espectros creados en su mente contagiada de las cuartanas de su compañero.

En el cielo, el sol había iniciado su ocaso y él permanecía encaramado en un árbol como cuervo vigilando parto de oveja, mientras su hermano agonizaba en el carro, sin alguien que lo confortara.

Aquel pensamiento le produjo tal desazón, que decidió abandonar la espera y reunirse enseguida con Guy. Fue en ese momento cuando llegaron.

Eran dos hombres de armas acompañados de un marmitón que, calculó, no tendría más allá de doce o trece años. Uno de ellos le era completamente extraño, no así el otro, a quien reconoció al instante: Chatrian de Essex. El mercenario inglés, a las órdenes del senescal del rey, que un trece de octubre, siete años atrás, irrumpió en su encomienda al frente de un grupo de hombres fuertemente armados y, bajo falsas acusaciones, se llevó engrilletados a los freires.

En aquella ocasión se encontraba fuera del convento, lo que le permitió cabalgar hasta la casa central en París para pedir una ayuda que sus hermanos fueron incapaces de prestarle, porque la situación en la ciudad era aún peor que la que dejaba detrás. Entonces pudo escapar, ahora…

Con el pulso alterado por la emoción, encaró la punta de cuatro facetas del dardo hasta hacerlo coincidir, en línea con su mirada, con el costado izquierdo del de Essex; un estremecimiento, una leve presión involuntaria sobre el gatillo del arma y la nuez de hierro pondría en libertad el virote ferrado que volaría a enterrarse en el corazón de su enemigo.

Mal cristiano, pero cristiano al fin, se repetía una y otra vez, mientras trataba de que sus manos no obedecieran la orden que pugnaba por surgir de lo más profundo de su ser.

—¿Qué delantera nos llevan? —preguntó Chatrian a su acompañante. Este, por toda respuesta, bajó del caballo y palpó los rescoldos aún tibios del hogar.

—No andan lejos.

—Demasiadas cenizas para una sola noche. Habrán alimentado la hoguera para confundirnos; compruébalo —ordenó, señalando con el mentón el pequeño montículo de estiércol acumulado junto al tronco de una encina de ramas bajas.

El hombre hizo un gesto de desagrado, pero no osó desobedecer el encargo e introdujo su mano en la bosta, intentando percibir temperatura y consistencia.

Todo sucedió en fracciones de segundo. Chatrian de Essex elevó la mirada para encontrarse con la de Roger, tras el horizonte de la ballesta que le apuntaba directamente al pecho.

—¡Detente! —gritó a su cómplice.

Ya era tarde.

Una ramita se partió dentro del estiércol permitiendo que se desplazara la cuña disimulada entre la inmundicia. El cordel, embadurnado de ceniza para mimetizarlo en el tronco del árbol, se deslizó con un latigazo y la gruesa rama que mantenía sujeta se destensó como un tiro.

En su último acto reflejo, el esbirro se incorporó de un salto de manera que la rama, preparada arteramente para que pasara silbando sobre su cabeza en un intento de intimidación, le golpeó plenamente en el rostro. Se pudo oír un crujido de huesos escalofriante y el hombre se desplomó inerte después de volar varios metros.

Un chillido de terror surgió de la garganta del sirviente que cayó de la mula y arrastrándose, se perdió entre la maleza.

Chatrian de Essex encabritó su caballo alzándolo sobre los cuartos traseros para interponerlo en la trayectoria de la saeta y con un claro dominio de su montura, la hizo retroceder de ancas hasta desaparecer en la espesura.

—¡Perro templario; nos volveremos a encontrar! ¡Lo juro por el descanso eterno de mis antepasados! —se le oyó gritar entre el sonido de cascos que se alejaban.

Roger arrojó la ballesta con rabia antes de aproximarse al cuerpo que yacía sobre la hierba sin poder hacer otra cosa que confirmar la tragedia. Se dolió por ello; en su ánimo no entraba dar muerte alguna. Su única intención era advertir a los perseguidores de que permanecían alerta y mejor harían abandonando una captura que ellos no iban a facilitar.

Una vez más presintió cómo el destino obraba por voluntad propia, batiéndolo con el mismo desamparo que al carrizo en el fragor de la tormenta.

Cerró los ojos para musitar un *pater noster* e imponerse la obligación de orar otros treinta diarios durante una semana por el alma del enemigo muerto.

—*Deus vult*[2] —se resignó el caballero.

Luego, recogió las armas para abandonar el lugar con paso apresurado; el hermano, desvalido desde primeras horas de la mañana, necesitaba de cuidados continuos y temía que su salud hubiese terminado por quebrantarse durante el tiempo de ausencia.

La visión del carruaje le tranquilizó; todo mantenía el mismo aspecto apacible de la partida. La sombra del árbol cubría el entoldado y Baibars pacía lánguidamente los brotes ralos de hierba otoñal, así y todo descorrió la lona con precaución de militar avezado. No era necesario; el hermano Guy descansaba plácidamente.

Arreó al caballo y salieron al camino. El de Essex tendría que dar sepultura a su compañero, aunque, tratándose de un personaje de su catadura, no podía fiar demasiado en ello. Con cierta suerte habrían ganado un par de días. Contaba con ese tiempo, calculó, para llegar a la seguridad

2. Dios lo quiere.

de la encomienda de Montalbán, su nuevo destino desde que Eunate no se revelara como el lugar de acogida que anunciaran los hermanos de París.

Cuando llegaron al convento de Eunate este se encontraba prácticamente abandonado y poco más pudo hacer la pareja de ancianos freires que cuidaban del cementerio que proporcionarles consejo, víveres y un bosquejo muy impreciso, prácticamente un garabato, con el que les indicaban el camino a recorrer hasta la encomienda hermana en tierras de Toledo.

Desdobló la vitela y trató de descifrar el dibujo. Aparentemente se hallaban en el buen camino aunque, a tenor de la dificultad de su interpretación, tanto podían estar próximos como restar aún muchas leguas por delante.

El hermano Guy se revolvió inquieto bajo la manta y el cambio de postura arrancó un profundo gruñido de su garganta; Roger giró el torso y en ese instante percibió algo anormal. En principio no supo qué, pero la visión que tenía de su compañero no era la habitual.

Recorrió con la mirada varias veces el pequeño cubículo del carro sin descubrir el motivo de su desazón. No podía determinarlo. Simplemente…, algo no encajaba.

Esa sensación, escapando a su control, lo sumió en un profundo desasosiego.

Capítulo 2

—¿Acabarás alguna vez? ¿No ves que tienes parada a toda la comitiva?

Don Agustín trataba de forzar a Venancio para que abreviase, sin embargo Kiko sabía que los esfuerzos del sacerdote serían inútiles. Su padre acostumbraba a hurgar concienzudamente en la paja antes de descubrir el grano. Era su forma de ser y no valía darle vueltas, así que, armado con más paciencia que el resto de los oyentes, se dispuso a esperar.

—Todos los presentes saben que, pese a los comentarios que eso provoca, mantengo limpias de escombros y rastrojos las ruinas de la Atalayuela…

—Continúa, por favor.

—Pues bien, esta mañana, al terminar el trabajo en la viña, me acerqué para adecentar aquello de malas hierbas y…

—¿Y qué, hombre de Dios?

—¡Pensaba que me iba al fondo de la barranca! El suelo cedió y me precipité, envuelto entre polvo y piedras, en el hoyo que, de repente, se abrió bajo mis pies…

—¡Ay, Señor! ¿Estás herido? —se alertó su esposa.

—Nada importante: un par de rasguños y… —Se giró para que pudiera observar el desgarro que llevaba en la trasera del pantalón y que dejaba al descubierto parte de la ropa interior estampada.

Hubo un pequeño coro de risas ahogadas y a la mujer se le subieron de golpe los colores a la cara.

—Olvídate de eso y prosigue o… —amenazó el alcalde.

—Cuando logré ponerme en pie y comprobar que no me había roto más que el pantalón, vi que la caída no había sido de más de metro y pico, por lo que la dificultad que tuve para salir fue más por causa de los nervios que por la profundidad. Trepé como pude hasta quedarme sentado en el borde, como un pasmarote, con los ojos puestos en aquel agujero que se me había querido tragar poco antes.

»Entonces noté cómo el polvo, que se iba asentando, dejaba al descubierto un agujero estrecho que se perdía en dirección a la torre. Volví a bajar con cuidado con el mechero encendido, pero aquello estaba como la boca del lobo y no lograba ver el final…, así que, apartando piedras y cascotes, pude ensanchar el hueco lo suficiente como para entrar a gatas.

»El tunelillo era corto, pero peligroso por lo precario de su equilibrio, y por él llegué hasta lo que, supuse, era una sala subterránea y desconocida de la atalaya. Entonces los encontré. Allí estaban los…

Si Venancio esperaba que sus vecinos le interrumpirían, estaba en un error. Llegados a este punto del relato, nadie osaba ya respirar. Algo defraudado por ello, concluyó mientras miraba a unos y a otros de reojo:

—¡Los dos muertos!

Un estremecimiento recorrió a los reunidos. Don Agustín hizo intención de santiguarse y el alcalde requirió inmediatamente información más precisa:

—¿Qué tipo de muertos?

—Hombre, Sebas, que yo sepa solo los hay de una clase: o se está muerto o no se está.

—¡Venancio...! —se desesperó el munícipe—. Me refiero a que si son hombres o mujeres, a que si presentan signos de violencia, a detalles más precisos, leñe.

—No sabría qué decirte, a la luz del encendedor solo pude ver un montón de huesos.

—¡Acabáramos! —medió el señor cura—. Lo que tú has encontrado son restos humanos antiguos, posiblemente de la Guerra Civil.

—De alguna guerra, puede, pero de la civil seguro que no, porque entonces no se utilizaban espadas, ni las monedas que circulaban eran como esta...

Venancio extrajo el monedero de su bolsillo y lo abrió con parsimonia, para mostrar a los congregados una pieza que despidió un destello especial cuando incidieron sobre ella los rayos del sol.

—Oro... —Sebastián musitó lo que ya todos habían adivinado.

Enseguida se formaron corros de gente que cuchicheaba entre sí y hubo algún conato de deserción, por lo que la autoridad civil y la eclesiástica hubieron de aunar esfuerzos para mantener el orden:

—¡Hermanos, hermanas y cofrades...! ¿Vamos a olvidar el motivo que nos ha traído hasta aquí? —preguntaba a voz en grito don Agustín—. Antes de que salgáis espantados, pensad que en el altar nos está esperando nuestra venerable Madre...

Más contundente, el alcalde clamó una advertencia:

—¡Que a nadie se le ocurra tocar nada hasta que se presente allí la Guardia Civil o se las verá conmigo!

—Lleguémonos hasta la ermita y concluyamos en buena hora lo que hemos comenzado, después nada habrá que impida acercarnos hasta la atalaya.

La promesa de don Agustín surtió el efecto deseado; ambos lugares no distaban en exceso y sus palabras colmaron el ánimo de los romeros que se debatía entre la devoción y la curiosidad.

Pese al tiempo perdido en el camino, la romería, a la que los acontecimientos habían puesto alas en los pies, llegó a su destino con bastante tiempo de adelanto respecto de años anteriores.

Sacaron, hasta el atrio, la hermosa imagen en piedra de la virgen negra para proceder a la ofrenda floral. Tras la misa que celebró el párroco, comenzaron a germinar hules y manteles en la pradera y sobre ellos el hornazo, filetes empanados, tortillas de patata y pimientos, preparados en cada hogar desde la noche anterior. Sin embargo, el aroma apetitoso que desprendían los alimentos, no hizo olvidar el viaje hasta la atalaya, que se erguía en las proximidades señalando el lugar del hallazgo como un dedo mutilado.

No fue fácil multiplicarse para mantener a distancia a la chiquillería, que no se resignaba a ser mera espectadora del suceso y a la que, por el cuello de la camisa, hubo que sacar en varias ocasiones del agujero antes de que pudiera colarse por el pasadizo.

El alcalde miró a su esposa pidiendo excusas anticipadas por lo que se veía obligado a realizar, pero no le quedaba otro remedio que revolcarse en aquel polvazar con su terno azul marino recién sacado del tinte. Doña Julita alzó los hombros con resignación.

Don Agustín, aduciendo que no tenía ya edad para meterse en aventuras espeleológicas, se negó en redondo a bajar y dio su bendición a exploradores y difuntos desde el exterior.

Armados con un fanal de la ermita, al que alimentaron con un trozo de cirio de la virgen, se introdujeron en el socavón Sebastián, su teniente de alcalde y el único concejal de la oposición, quienes no hicieron interminable la espera de los que aguardaban fuera ya que, al poco, vieron reaparecer la cabeza del alcalde buscando al alguacil del Ayuntamiento entre el círculo de gente que rodeaba la oquedad.

—Damián, haga el favor, acérquese hasta el cuartel y dé aviso a los civiles. Que se persone un número; hay que ver la manera de preservar esto hasta que sepamos de qué se trata realmente.

El alguacil frunció el ceño: maldita la gracia que le hacía recorrer, en la solana, los cinco kilómetros que lo separaban del cuartel, al otro lado del pueblo. Así que, sacó el teléfono móvil y cumplió el encargo a su manera.

Poco después, llegaron el cabo y dos números más que, tras observar con detenimiento el hallazgo, comunicaron a los reunidos que nada podían hacer por ayudarles ya que, como todos los pueblos de alrededor estaban en fiestas en aquellos días, el cuartel andaba escaso de efectivos humanos y no podían dejar un retén de guardia permanente. Lo mejor sería clausurar de nuevo la cueva y dar instrucciones al vehículo del cuerpo que patrullaba los caminos, para que pasase varias veces durante el día y la noche por el lugar.

Las autoridades estuvieron de acuerdo y colaboraron en tapiar el hueco con las mismas piedras desprendidas de él. Al terminar, Sebastián se dirigió a sus convecinos:

—¡Venga, ahora todos a comer; que no se nos agüe la fiesta por un golpe de suerte!

Sin embargo, nadie mostró intención de abandonar el paraje. Pilar, la dueña de la tienda de ultramarinos de la calle del ayuntamiento, tomó la palabra:

—Como entenderás, Sebas, no nos vamos a marchar sin que nos cuentes lo que habéis visto ahí abajo.

—¿Qué quieres que te diga, chica? A primera vista, poca cosa. Parecen los restos de dos personas enterradas junto con algún ajuar fúnebre; ropa hecha trizas, armas herrumbrosas y párese de contar porque todo está hecho polvo.

—¿Y el tesoro?

—¿Qué tesoro?

—No te hagas de nuevas; todos hemos visto la moneda de Venancio.

—Nosotros no hemos encontrado nada de eso, claro que, la excavación del yacimiento es un trabajo que tendrán que hacer los arqueólogos de la Comunidad.

—A los que vamos a dar aviso inmediatamente —aclaró el concejal de la oposición.

Los murmullos de contrariedad que suscitaron las palabras del político se acallaron ante la recomendación de don Agustín:

—¿Os dais cuenta de que hemos abandonado a la Virgen? Eso, paisanos, no está ni medio bien.

A regañadientes los vecinos se tuvieron que conformar. Con el subterráneo tapiado, poco podían hacer allí.

III
Al atardecer

Al atardecer el paisaje había cambiado. Lejos de la protección de la arboleda, rodaban ahora por un terreno circundado de añojales en los que parecía imposible que se hubiera logrado cultivar alguna vez cualquier vegetal utilizable.

El camino, estrecho y empinado, se veía surcado por numerosas cárcavas donde se atascaban continuamente las ruedas del carromato. Roger marchaba ante él, obligando por las riendas a la montura que a duras penas podía progresar en aquel terreno, y angustiado por los terribles dolores que estaría padeciendo el hermano con el baqueteo continuo a que se veía sometido. El encuentro con sus perseguidores había obligado a descuidarle, aunque, quizá por compasión divina ante tanto sufrimiento, no había vuelto a recuperar la consciencia desde la noche anterior.

Resolvió dar un descanso a Baibars y atender al freire aun a riesgo de perder un tiempo del que no andaban sobrados.

En el lindero se dejaban ver los paredones semiderruidos de un corral y hacia allí obligó a dirigirse a la caballería.

El templario despejó de piedras un ángulo entre los muros para alejar a los alacranes que aún pudieran dormitar bajo los escombros y aparejó el campamento.

Al retornar al carromato en busca del enfermo le esperaba una sorpresa que le llenó de regocijo. Guy se había despertado con un aspecto totalmente distinto al de días anteriores. Una sonrisa animaba sus resecos labios.

—Tengo hambre de buitre —saludó a Roger que, incrédulo, tomó la temperatura de su frente con el dorso de la mano. La fiebre parecía haber remitido en su totalidad.

—Es un milagro.

—No confiéis en ello; soy demasiado viejo para desconocer lo que esta mejoría significa.

Hizo intento de incorporarse, pero las fuerzas le abandonaron postrándole de nuevo:

—Ya lo veis…, la parca no abandonará mis articulaciones hasta que consiga llevarme con ella.

Atendiendo a los deseos del hermano, Roger lo dejó recostado contra el parapeto y enseguida regresó con los trebejos de cocina para aviar el puchero.

—¿Qué cenaremos?

—Verduras hervidas con tocino.

—Todo un manjar, hermano Roger —Luego, tras un meditado silencio, prosiguió—: Lamento que por mi causa os veáis relegado a tareas de siervo.

El templario se encogió de hombros.

—En nuestra Orden han dejado de existir estamentos. No hay caballeros, ni sargentos, ni *turcopliers*[3], ni escuderos, ni criados… Ni tan siquiera queda gonfalón que seguir. Todo se ha derrumbado y nosotros habitamos sus

3. Título de alto oficial en los Caballeros de la Orden del Temple y de la Orden del Hospital de San Juan de Jerusalén. Tiene su origen en los cruzados turcopolos.

ruinas —respondió señalando en derredor, como si en el lugar donde se encontraban viese una metáfora de su destino—. Ser vuestro criado es honra antes que penitencia. Mi escudero fue asesinado y en cuanto a mis sirvientes, la última vez que los vi fue en el camino de París cargados de cadenas. Espero que los vuestros corrieran mejor suerte.

—No tengo criados. Solicité al monseñor maestre que me permitiera renunciar a ellos en redención por mis culpas…

Roger sintió curiosidad, pero guardó silencio; las razones que el hermano pudiera tener para justificar su conducta pertenecían a su más estricta intimidad.

—Pero me vi obligado a conservar a un viejo esclavo musulmán; un infiel del que no pude desembarazarme. La puesta en libertad hubiese supuesto para él una humillación capaz de sumirle en la más ignominiosa de las vergüenzas.

—Un leal servidor.

—Un *hashishin*[4], Roger.

La sorpresa paralizó las manos del caballero unos instantes.

—No estáis obligado a descubrirme vuestro corazón. La recuperación ha sido prodigiosa, pero no debéis malgastarla en esfuerzos estériles.

—No nos engañemos, hermano; ambos sabemos que esto no es más que la mejoría que precede a la muerte; unas horas que el Hacedor nos concede para descargar nuestra conciencia antes de reunirnos definitivamente con Él.

4. Los bebedores de hachís. Secta de Oriente Medio y origen chií temida por perpetrar asesinatos selectivos contra dirigentes políticos o militares.

—Quién puede conocer sus designios.

Guy hizo un gesto cansino solicitando de su compañero que no lo interrumpiera.

—Al-Maschtub[5], ese era su nombre conocido, porque el otorgado por el padre lo olvidó al integrarse en la secta.

Roger removió con desagrado el guiso dentro del pote. Aunque sentía un profundo respeto por la secta de los asesinos chiitas, nunca hubiese consentido mantener relación con alguno de ellos, ni aun en calidad de esclavo.

Los bebedores de *hasis* eran una facción de la rama ismaelí del islam. Sus seguidores se desentendían de cualquier atadura familiar para unirse a la partida, jurando dar muerte a quien ordenase su jefe, aunque les fuese la vida en el intento. Fundada por el ismaelita Hasan ibn Sabbah, la encabezaba el Sheik al Jebal, el viejo de la montaña.

Aunque las relaciones entre templarios y asesinos, a lo largo de su coexistencia, habían pasado por distintas épocas de odio y de mesura, Roger agradecía el hecho de no haber tenido que tratar con ellos. Aún recordaba el relato que un hermano, de paso hacia el convento de Jaffa, les había referido en la fraternidad del descanso. Aquel hombre estaba presente el día en que el Sheik, deseoso de mostrar al maestre templario el grado de poder que poseía sobre sus hombres, les había ordenado, con un simple gesto de cabeza, arrojarse al vacío desde las murallas de su fortaleza de Alamut —el nido de las águilas—, en las montañas del Líbano. A no ser por la petición del horrorizado cristiano, el espectáculo de los suicidas se hubiese prolongado indefinidamente.

5. Al-Maschtub: literalmente: *el de la cicatriz.*

—Al-Maschtub…, escurridizo e imprevisible. La soldadesca fue incapaz de encontrarlo cuando nos detuvieron para conducirnos al suplicio.

—Atormentaros con recuerdos no os beneficiará —un tono conciliador apareció en la voz de Roger—. El camino por recorrer es largo y necesitáis recuperar fuerzas; permitidme que os ayude.

—Mi tiempo se está cumpliendo, hermano; el Señor permitirá que pronto os veáis libre de la carga que os supongo.

—Silencio —conminó el frater llevándole la comida a los labios—. Probadlo; es el peor guiso que he cocinado nunca, pero os hará cobrar ánimos.

Un acceso de tos le impidió a Guy mantener la comida en la boca. Roger pasó el brazo por su espalda. El roce con sus hombros tumefactos provocó en el hombre un estremecimiento de dolor. El templario retiró la mano arrepentido de su torpeza mientras buscaba una disculpa.

Cuando el sufrimiento se lo permitió, Guy abrió los ojos y contempló con expresión serena a su amigo.

—Un buen trabajo, ¿no creéis?, digno del mejor verdugo del Gran Inquisidor de París, Guillermo de Imbert. Con las manos atadas a la espalda, me suspendieron de una argolla clavada en el muro a un pie del suelo; tan solo un pie… Fue necesaria toda una semana para labrarme en la espalda el chapitel que palpáis.

—Vuestro calvario hubo de ser terrible.

—¡Oh…, benévolo comparado con el de los otros cincuenta y cuatro hermanos que dejaron la vida en el interrogatorio!

El rostro del caballero dejaba traslucir la amargura producida por aquella mixtura de heridas y recuerdos.

—Los inquisidores no nos condujeron a las cámaras de tortura de sus reales, pese a que allí tuviesen grandes aparatos y mejores aparejos para realizar su trabajo; prefirieron transportar las artes más livianas hasta las mazmorras, de manera que ninguno de nosotros se quedara sin admirar el tormento a que se sometía al compañero. Eso, creedme, Roger, produce más terror que el propio sufrimiento. El hermano Balthasar de Guissors fue encorreado en un armazón de hierro del que sobresalían sus pies embadurnados de aceite. Encendieron un brasero bajo sus plantas…

Guy se detuvo unos instantes; aspiró aire en profundidad y, con la mirada húmeda, continuó:

—Tullido para el resto de su vida, aquel bravo cristiano…

Roger dobló una manta a modo de almohada y recostó a su hermano contra la pared. La fiebre había regresado y un sudor frío surcaba de brillos su frente.

Guy de Saint-Euvert, con la mirada errática, proseguía el relato para sí mismo. Había entrado en una espiral perniciosa que vaciaba el pozo insondable de sus sentimientos sin necesidad de interlocutor.

—Entonces enloquecí. Como poseído del demonio, comencé a bramar contra aquellos frailes inquisidores, despotricando contra la perversión de sus métodos. Les aseguré que eran peores que Qalawum, Nuardim o cualquier otro infiel que hubiese hollado la faz de la tierra; que los chacales del desierto huirían amedrentados ante su presencia, que los césares romanos, los que alimentaron a sus fieras con los cuerpos de los primeros creyentes, ahora podían ser limosneros de su Orden.

»Aquel desahogo desesperado tan solo sirvió para que levantaran la reja de la atarjea y me encerraran en el hueco del sumidero; un habitáculo con medidas que no consentían la permanencia en pie y donde las ratas hacían que tumbarse fuera una temeridad.

»... Un día llegó del que no recuerdo más que el fuego abrasador que me consumía las entrañas; no lograba entornar los párpados, ni elevar la voz..., ni musitar un padrenuestro...

»Ignoro cuánto tiempo permanecí postrado en aquella oubliette[6]. Al final, las fuerzas terminaron escapando por la alcantarilla y me hundí en la inconsciencia... ¡Resistid, hermano Jocelín, resistid..., acordaos del sufrimiento de nuestro Señor, tan injusto como el nuestro!

En estado pre-delirante, inquieto por las visiones que le atormentaban, Guy se revolvía en el lecho sin que su compañero pudiera hacer gran cosa para calmarlo. Al fin, agotado por el esfuerzo, entró en un estado de postración que Roger aprovechó para humedecer con paños su frente y axilas. Mantenía la mirada vacua y un murmullo casi ininteligible manaba de sus labios:

—Tal era el grado de debilidad y el hedor que debía de desprender mi cuerpo que prefirieron considerarme muerto antes que acercarse a comprobarlo. A su ineptitud debo

---

6. Cubículo de tortura al cual solo se puede acceder por un agujero superior a gran altura y al que se arrojaba al prisionero y encerraba sine díe.

la vida. Uno de los enterradores había sido criado de nuestra encomienda y, antes de dar mi cuerpo a la cal de la fosa común, avisó al conventículo clandestino formado en París con los residuos del Temple que pudieron esquivar a los senescales del rey, para que se hicieran cargo del cadáver.

»En el lavatorio y antes de envolverme en el sudario, advirtieron que, aunque exhausto, conservaba un hálito de vida... Ocultaron mi cuerpo en el sótano de un médico judío. El «hermoso rey» no había tratado a su pueblo mejor que a nuestra Orden por lo que el hebreo no tuvo reparos en poner su casa, su ciencia y todo su despecho en el empeño de recuperarme la salud...

Su voz se quebró totalmente para reponerse unos instantes después:

—... Nunca se lo agradeceré. Únicamente ha conseguido prolongar mi agonía unos meses más. Luego dijeron que alguien me sacaría del país, y aparecisteis vos...

Los labios de Guy no se volvieron a despegar. Un susurro se había llevado sus últimas palabras antes de dejar caer pesadamente los párpados.

—Llegará el día en que nuestros verdugos pagarán su afrenta; entonces el Señor será servido y tornará las cosas a su justo lugar. Entre tanto quedad en paz.

Roger se sorprendió hablando en voz alta; trataba de alentar a su hermano con palabras en las que no tenía otro remedio que creer, si quería concluir su misión con alguna posibilidad de éxito. Abatido, lo abrigó contra el relente de la noche y se dispuso él a pasarla en las mejores condiciones posibles.

Guy de Saint-Euvert parecía no ser aquel con quien había luchado espalda contra espalda en la Torre Maldita de Acre, hacía ya… ¿cuánto…? ¿Más de veinte años?

—¡Roger, la Señora! ¡La Ama! ¡No la puedo ver!

Sin duda, el estado febril de Guy dibujaba espectros en su mente, pero aún así decidió revisar el cargamento del carromato. Descorrió la lona hasta distinguir el bulto cubierto de arpillera bien sujeto en el lateral. Se tranquilizó; los temores de Guy parecían infundados.

Entonces reparó en el detalle. Descorrió de nuevo la toldilla y de repente supo qué era lo que le había inquietado desde que regresara del encuentro con sus acosadores.

La vasija del agua se mantenía amarrada en su rincón habitual y la tapa de madera parecía intacta, pero en el suelo podía verse, volcado, el cuenco que había humedecido la tablazón. Inmediatamente retornó junto a su compañero:

—Hermano… ¿Quién os dio a beber agua esta mañana durante mi ausencia?

Guy, desde las brumas del sopor, acertó a contestar:

—¿No…, no fuisteis vos?

Capítulo 3

El soplido neumático de las puertas del autocar reclamó la atención de los muchachos que, con las bicicletas amontonadas en la acera, se congregaban bajo las sombras de los plataneros de la plaza.

—¡Ha venido mi hermano! —Luisma abandonó al grupo de amigos y se dirigió hacia el corrillo de personas arremolinadas bajo la marquesina del coche de línea.

—Le habrán dado permiso en el cuartel —dedujo Pirulo.

Durante un rato, se dedicaron a observar el trajín de pasajeros. Despedidas, alegres y tristes a la vez, con alguna lágrima y promesas, muchas promesas, de llamadas telefónicas que cada día se terminarían postergando para el siguiente.

Todos los personajes de esta escena les eran conocidos: vecinos, familiares y algún que otro turista ocasional que, de ciento en viento, se dejaba caer por la localidad fuera de temporada.

De entre todos, uno despertó la curiosidad de Kiko. No le conocía, ni lo había visto nunca por el pueblo y, sin embargo, no acertó a sentir el desentendimiento que se experimenta hacia el desconocido que pasa cerca sin despertar nuestro interés.

El hombre también había reparado en el grupo de chicos y se dirigía hacia donde se encontraban cargado en una mano con un escueto maletín de viaje y ayudándose en la otra de un bastón de bambú.

—Buenos días, hijos; ¿alguno de vosotros podría indicarme dónde se aloja el grupo de arqueólogos? —preguntó con una sonrisa en el rostro.

Se miraron entre sí; todos lo sabían, pero, quizá porque opinaran que el hallazgo le pertenecía de alguna forma, señalaron a su amigo con el mentón:

—Este.

Kiko se detuvo un instante en las facciones del recién llegado. De edad avanzada, mediana estatura, pelo y barba donde las canas vencían la batalla del color y mirada abierta a la sinceridad. Sin saber a ciencia cierta el motivo, aquel hombre le produjo una sensación agradable.

—En el bar La Estrella. Tienen alquiladas habitaciones en la planta de arriba.

—¿Por dónde cae eso?

—Pues…, no es fácil indicarlo; hay que callejear un poco, pero, si quiere, le podemos acercar hasta allí; pensábamos ir en esa dirección.

Un murmullo de protesta recorrió el grupo:

—Habíamos quedado en bajar hasta el vado del río. La mujer del alcalde nos compra todas las moras que podamos recoger —se justificó Marcos.

—Que esperen la mermelada de doña Julita y el aguardiente de su marido; aunque vayamos mañana, los pájaros no se las habrán comido.

Aunar opiniones no fue tarea sencilla; después de todo, nadie podía asegurar que las aves no estuviesen especialmente hambrientas aquel día como para vaciar las zarzas de la ribera.

—Os acompaño —se ofreció Marta—. Lo de las moras es un cuento; llegará la hora de la cena antes de que alguno haya decidido moverse de aquí.

Los muchachos resoplaron molestos por las palabras de su amiga, pero ninguno hizo el menor intento de contradecirla.

Abandonaron la plaza en dirección a la fuente de los tres caños. Bajando la cuesta, Marta apartó discretamente con el codo a su compañero.

—Deja; llevaré yo la bicicleta —dijo mientras señalaba con un gesto el equipaje del viajero.

Kiko advirtió entonces cómo el anciano se esforzaba por mantener el paso.

—Déjeme que le lleve el maletín.

—Sois muy amables; os lo agradezco. No pesa demasiado, pero es incómodo. ¿Cómo os llamáis?

—Marta.

—Francisco… Kiko me dicen todos.

—¿Y te molesta?

—La verdad es que no.

—Entonces yo también te llamaré de esa manera. Me llamo Andrés.

—¿Va a estar mucho tiempo aquí?

—Aún no lo sé; depende del resultado de la entrevista con Paulino y su gente.

—¿Quién es Paulino? —quiso saber la muchacha.

—Uno de los arqueólogos que está trabajando en el terreno de mi padre —aclaró el chico.

—Vaya; veo que he acertado de pleno al dirigirme a vosotros.

Por un momento se iluminó la mirada de Kiko:

—¿Es usted el director de la excavación?

—No; el trabajo está bajo la tutela de Paulino, yo soy…, bueno, en primer lugar, su amigo y después, de alguna forma, un colaborador.

En el rostro de Kiko se podía leer el desencanto que provocó la respuesta.

—¿Por qué lo preguntas?

—Desde el día en que se metieron allí, no dejan que nos acerquemos ni a cien metros.

—No deberías enfadarte por eso, su trabajo tiene que ser meticuloso; no pueden permitir que alguien, por ignorancia y seguramente con la mejor intención del mundo, trastoque algún objeto de los que allí se encuentren, o lo extravíe, porque daría al traste con el trabajo de investigación. Os puedo asegurar que Paulino y su gente son tan buenas personas, como grandes profesionales.

—Lo que usted diga, pero nos quedamos sin saber lo que se oculta en aquella cueva.

—Modera tu curiosidad, hombre; ya veremos el modo de solucionar eso. ¿Falta mucho para llegar?

—Es ahí enfrente.

Ante ellos se abrían las puertas de madera del establecimiento. Llegaron a él a través de un camino de grava orillado de bancos de piedra y arbustos ornamentales cultivados en jardineras.

—Buenos días…

—Buenos los tengan —contestó Marcelo desde detrás del mostrador—. ¿Qué va a ser?

—A mis guías les pone los refrescos que prefieran, para mí un agua tónica, por favor.

—En seguida.

—Tengo entendido que se hospeda aquí la expedición de arqueólogos; ¿sabe si vendrán a comer?

—Hoy no; mi mujer les preparó bocadillos y comida fría. Esta tarde dan por concluido el trabajo y mañana nos dejan.

—¿Hay alguna forma de llegar hasta ellos?

Marcelo, dubitativo, frunció el entrecejo y se llevó la mano al mentón.

—Estaba pensando quién podría ir hacia allá a estas horas de la mañana, pero no caigo. Lo cierto es que, aparte de los pastores y algún que otro forastero ocasional con ganas de hacer fotos, por allí para poca gente.

—Mi padre le podrá acercar en el coche; es representante de una empresa de alimentación. Los sábados deja el trabajo a media mañana y —Kiko miró el reloj de principios de siglo que colgaba sobre la cafetera del bar— a lo mejor ya está en casa.

—Eres muy amable, pero no me gustaría molestar a tu familia.

El chico se encogió de hombros:

—Espérenos aquí. ¿Vienes? —preguntó a Marta.

—Si eres capaz de subir la cuesta llevándome de pasajera en la bicicleta…

—Si eres capaz de ir sin sujetarte, cargada con los refrescos… —señaló en dirección a la barra.

Rompieron a reír. Al final Marta dio con la solución:

—¿Te importa que dejemos aquí la bici? —la pregunta iba dirigida a Marcelo.

—Ahí no; pasadla dentro.

Los muchachos abandonaron el local con los botes de refresco en la mano.

—¡Ah, juventud!; a su edad siempre se encuentra remiendo para todo… —Marcelo se secó las manos en el paño que colgaba de la caja registradora—. Así que… ¿tenemos para mucho?

—¿Cómo dice?

—Que si se va a quedar algún tiempo por aquí.

—No lo sé; depende.

—Arriba me quedan habitaciones libres. Limpieza y precios módicos. Es el lema de la casa.

—Gracias, lo tendré en cuenta. Cóbrese la consumición y… perdone, pero, abusando de su confianza, ¿podría dejar mi maletín junto a la bicicleta de los chicos?

—Traiga; lo guardaré debajo del mostrador. Pregúnteme luego por él.

—Estoy pensando en terminar la tónica en el vergel que tiene en la puerta.

—Mi esposa, que se ha empeñado en tener la entrada como la selva del Amazonas. Ahora aún se puede estar; en verano esto trae mucho mosquito.

El anciano tomó asiento en uno de los bancos desde el que se podía divisar la fuente del pueblo. Alguien, con mano insegura, había escrito «Agua no potable» sobre su fachada de cemento; aun así, se pudo entretener con el ir y venir de vecinos que trasegaban el agua de los caños en sus garrafones de plástico sin atender a la advertencia.

Sin embargo, no pudo disfrutar demasiado tiempo del jardín. Al poco, un automóvil se detuvo ante la acera y de él bajaron los niños acompañados de Venancio que, tras estrechar la mano del viajero, le invitó a acompañarlo.

—No es ninguna molestia —aseguró—. Ya le he dicho a Kiko que, de cualquier forma, pensaba subir a la Atalayuela antes de comer. ¿Es usted arqueólogo? —quiso saber Venancio cuando el auto tomó la carretera de la ermita.

Don Andrés asintió con la cabeza y tomó la palabra:

—Bueno, desde que me jubilé estoy apartado de cualquier actividad lectiva, pero no me resigno a que la vida me deje sentado en un banco del parque más de diez minutos. Las piernas no me permiten ya hacer trabajo de campo, pero la inactividad terminaría por consumirme. Ahora me entretengo con la historia inconsecuente, la pequeña crónica que no suelen recoger los anales.

Ante el gesto de extrañeza de su interlocutor, Andrés continuó:

—Los arqueólogos somos las hormigas obreras de la historia. Escarbamos los basureros del tiempo, para leer en ellos el pasado de seres tan anónimos como nosotros lo seremos en el futuro.

Venancio apartó un momento la vista de la carretera para observar fijamente a su pasajero. Debió de quedar convencido porque, animoso, golpeó con la palma de la mano el volante que manejaba:

—Usted es de los míos —resolvió—. La de tardes que he podido pasar sentado en las ruinas de la atalaya intentando comprender los motivos de la mano que la construyó, u oteando el horizonte para tratar de descubrir el camino por el que debían de llegar sus preocupaciones… ¿Sabe lo que he sacado de eso? Que mis convecinos me tilden de chalado y se aparten murmurando una disculpa cuando me cruzo con ellos en la calle. Muchos no entienden que prefiera leer un libro antes que echar la tarde jugando a las cartas en la taberna.

—Bienvenido al club —don Andrés sonrió. Aquella sensación le era harto familiar.

—Fin de trayecto.

Desde su asiento, el anciano pudo ver la torre que, en el promontorio, se recortaba limpiamente contra el cielo encapotado. En torno a ella, una bandada de vencejos revoloteaba detrás de los insectos.

Venancio aparcó cerca de un Land Rover que servía en parte de sujeción para un entoldado bajo el que trabajaban las dos personas que levantaron la vista al oír el motor del coche. Uno de ellos dejó de cribar el montón de tierra con el cedazo mientras que el otro, abandonando las notas que estaba escribiendo en su ordenador portátil, salió al encuentro de los recién llegados con los brazos abiertos.

—¡Don Andrés! Al fin se ha decidido a venir…

—No pude resistir la tentación después de lo que me contaste por teléfono. ¿Conoces a mis anfitriones?

—¡Y cómo! No han hecho otra cosa que facilitarnos la estancia desde que caímos por aquí. Vengan, les presentaré a mis compañeros: ¡Ramón, Lorena, Emiliano…!

Del agujero acordonado que se abría bajo las ruinas, fueron apareciendo consecutivamente los jóvenes rostros de dos de los colaboradores de Paulino, paleta de albañil y brocha barredora en mano. Ramón olvidó la criba sobre la arena para atender a la llamada.

—Tendréis que consentirme que presuma un poco. Tenemos con nosotros al doctor en Filosofía y Letras, arqueólogo y, entre muchas otras cosas, catedrático de Historia Medieval de la Universidad de Granada, don Andrés López-Nieva Montero, a quien debo lo poco que sé de mi carrera.

—A mí no me culpes; eso agradéceselo a la cafetería de la universidad.

Todos rieron la broma del profesor.

—Además... puedes ahorrarte tanta presentación; ahora tengo una nueva tarjeta de visita mucho más sencilla.

Para corroborar sus palabras, extrajo de su cartera una cartulina blanca que Paulino leyó en voz alta:

«Andrés López-Nieva
JUBILADO
(De la rutina, no de la vida)»

—Siempre que las piernas me lo permitan —advirtió el anciano, al término de la lectura de su ex-discípulo.

—Ya me gustaría llegar a su edad con el humor que le acompaña.

—Tiempo tendrás de arrepentirte. Anda, explícame los motivos que me han hecho viajar hasta aquí. Tu llamada disparó mis alarmas.

—Vayamos a la ermita; allí hemos emplazado el cuartel general. Se lo expondré mejor con los dibujos y fotografías que hemos obtenido en el yacimiento; además, el día se está nublando y no creo que escapemos sin un chaparrón.

—Un segundo; enseguida estoy con ustedes —dijo Venancio mientras se acercaba a su automóvil. Le vieron abrir el maletero y regresar al poco con una nevera portátil y una bandeja cubierta con papel de aluminio—. Un ligero tentempié que mi esposa les hace llegar.

—Nos compran la voluntad. Ella es nuestra hada madrina y usted el mensajero de los dioses. Sin excusa, antes de partir tenemos que pasar por su casa y despedirnos de su esposa; aunque poco se pueda agradecer con palabras.

—Pues este señorito que nos acompaña es su hijo y, tanto él como su amiga, están muy enfadados con vosotros por no dejarles investigar el yacimiento por su cuenta.

—Lamento que este trabajo tenga que ser así, pero... —Paulino, falsamente dubitativo, había puesto sus manos sobre los hombros de ambos muchachos—, os prometo que hoy no os iréis sin recorrerlo a vuestro antojo.

Penetraron en el recinto cuadrangular que formaba la planta de la ermita. En su interior, un número considerable de bultos y herramientas se alineaban en espera de ser cargados en cualquier momento en el todoterreno, pero, una serie de objetos todavía en disposición de ser utilizados, indicaban que la actividad no había concluido totalmente.

Desde el fondo de la sala, la virgen de la Encina, con su hijo sentado en el regazo, amparaba con su presencia a todo cuanto se encontraba en derredor. A don Andrés lo cautivó su mirada, dulce, pero hierática y distante a la vez, como si siempre estuviese tratando de observar algo situado a la espalda de quien la contemplaba. Se acercó al altar y, tras un breve examen, aseveró:

—Reproducción de buena mano de un románico tardío. El original debía de ser precioso.

—Si lo desea, lo puede ver en la iglesia del pueblo; se encuentra sobre el altar —aseguró Marta.

—He de hacerlo sin falta. ¿Qué otra imagen es esa?

De tamaño algo inferior al de la virgen y junto a ella, podía verse un conjunto de figuras componiendo una escena alegórica muy al gusto de principios de siglo. En primer plano un hombre, con arrebatada vehemencia y la mano en el pecho, sujetaba las riendas de un caballo que, tras él, se veía reproducido de nuevo, en tamaño diminuto, para dar sensación de distancia, uncido a un arado que dirigían dos mozalbetes con expresión risueña. Sobre la grupa, un ángel desplegaba sus alas protectoras.

—Es san Everardo..., no lo busque en el santoral; se venera de toda la vida en la comarca aunque la Iglesia nunca lo canonizó. Es nuestro santito doméstico, como lo llamamos en el pueblo, y a él acudimos con nuestras peticiones más dispares.

Mientras hablaba, Venancio quitaba con un pañuelo el polvo acumulado sobre las imágenes.

—Tiempo atrás había un santero que cuidaba de la ermita, ahora nadie quiere la obligación —se lamentó.

Don Andrés no quiso que su intromisión hiciera sentir al hombre una culpabilidad innecesaria, por eso abandonó el estudio de las figuras para dirigirse a su discípulo:

—Veamos qué nos tiene que contar Paulino…, entre bocado y bocado.

El arqueólogo, sorprendido con la boca llena, hacía esfuerzos por no atragantarse.

—Tranquilo, hombre; ni se te ocurra ahogarte sin explicarnos antes lo que habéis encontrado.

—Cuando recibimos aviso en el Departamento de Arqueología de la Comunidad, nos pusimos en contacto con la Guardia Civil, que no nos pudo garantizar la integridad del yacimiento durante tiempo indefinido por lo que, con mucha dificultad dado lo avanzado de la temporada, organizamos un grupo de intervención de urgencia. En primer lugar y tras una inspección visual, procedimos a situarlo geográficamente. Una vez establecidas las coordenadas…

—Por favor, Paulino…, no se trata de un examen…

—Disculpen, es deformación profesional. Bueno… En principio, la labor aparecía como sencilla: una doble inhumación en cripta que había que recuperar y documentar, pero durante el transcurso del trabajo se fueron revelando aspectos insospechados que despertaron nuestro interés. En primer lugar, el estado de conservación, excelente para este tipo de hallazgos. El terreno, arcilloso, con registros salinos notables, posee un drenaje natural que se encarga de desviar las aguas depositadas por la lluvia hacia el aliviadero natural del barranco. En cuanto a la temperatura…

—Una burbuja.

—En efecto; podríamos definirlo de esa manera. Un punto que se ha preservado prácticamente inalterado desde el día que se creó.

—¿Prácticamente?

—Encontramos evidencias de que, en alguna fecha posterior al enterramiento, se abrió un hueco en el muro que después se cegó a conciencia. No tenemos modo de precisar en qué momento se pudo horadar ni si este sirvió para el expolio de la tumba. Por el mismo motivo, tampoco estamos en condiciones de afirmar que no se han sustraído objetos de ella, pero lo que ha quedado es, por sí mismo, extremadamente interesante.

—Hemos visto demasiados enterramientos bajomedievales… ¿Por qué te parece este tan cautivador? —quiso saber don Andrés.

—Permítame que le muestre. —Paulino buscó en el pequeño archivador de cartón verde donde almacenaba las fotografías obtenidas y mostró una a su profesor. En ella se podía distinguir un manchón de líneas difusas sobre un fragmento de lienzo de color indescifrable.

—Es un detalle ampliado de la decoración de los mantos con que se cubrieron los cadáveres.

Don Andrés tomó una lupa de la mesa y centró toda su atención sobre la forma de color oscuro que aparecía en la fotografía:

—Una cruz patada[7] bermeja… ¿Templarios?

Los miembros de la expedición asintieron con expresión satisfecha.

7. Del francés *croix pattée* que significa «cruz con patas», debido a su forma. Cruz ancha en sus extremos y más delgada hacia el centro de la misma. Conocida también como la cruz de los Caballeros Templarios.

—¿Y de verdad eso es importante? —preguntó Venancio quien, hasta ese momento, no comprendía qué podía tener de especial encontrar el símbolo de la cruz en una tumba.

—Los templarios —explicó el profesor— no poseían nada en propiedad; todo cuanto necesitaban les era prestado por la Orden y a ella debía volver a su fallecimiento.

»Se les enterraba en cementerios de su comunidad, boca abajo y desnudos, ocasionalmente cubiertos por un viejo lienzo, tan desgastado por el uso que no podía dársele mejor utilidad. Encontrar dos caballeros sepultados junto con ropas, armas y ajuar, constituye un hecho verdaderamente excepcional.

Meditó unos instantes antes de preguntar de nuevo:

—¿Cómo supiste de mi interés por este tipo de yacimientos?

Por toda respuesta, el arqueólogo abrió una de las mochilas que ya estaban preparadas para el viaje de retorno y de ella sacó un libro:

—«Enterramientos atípicos en la Meseta Central. Siglos IX-XIV». Después de ver su firma en la portada, pensé que le gustaría echar un vistazo a este.

—No hace un mes que el volumen ha salido de la imprenta...

—Me lo regaló Mónica, mi esposa. Conoce mi devoción por su trabajo.

—¡Mónica! —rememoró agradablemente don Andrés—... Era mejor alumna que tú. ¿Trabajáis juntos?

Paulino negó con el gesto.

—Imparte clases de Cultura Clásica en el instituto. Con el curso empezado, le ha sido imposible venir.

—¡Pero bueno..., ¿nos enseñan la tumba o lo vamos a dejar para otro día?! —la resistencia de Kiko había llegado al límite y acababa de estallar. Marta tampoco mostraba una expresión excesivamente amable.

—Llevas razón, hijo; no hay nada más aburrido que el reencuentro de dos viejos amigos. ¿Le parece, Venancio, que vayamos de cabeza al agujero?

—Así fue como di con el lugar —asintió el hombre.

—Paulino, te corresponden los honores.

IV
Montalbán

El cielo, encapotado desde el amanecer, amenazaba con abrirse en un torrente en cualquier momento. Roger elevó la mirada suplicando a las nubes. Si llegara a ocurrir, el camino seco y accidentado se transformaría en un barrizal intransitable para el carromato, obligándoles a buscar un cobijo no entrevisto por lado alguno.

Aunque el remedio no era tan profundo como en días anteriores, Guy se refugiaba de nuevo en brazos de la inconsciencia. Sus quejidos sordos se dejaban oír cada vez que las ruedas caían en alguna de las numerosas roderas de la senda.

El caballero del Temple trataba de no abandonarse a la desesperación que le producían unas circunstancias que escapaban a su control. Detenerse aliviaría momentáneamente la agonía del compañero, pero solo para recrudecerla una vez reanudada la marcha, a la par que ello supondría quedar, aún más de lo que ya estaban, a merced de Chatrian de Essex.

Roger hizo lo único posible en aquella situación: apretar los dientes con rabia y azuzar a Baibars sin piedad.

Junto con aquel remedo de carta geográfica entregado en Eunate, de líneas imprecisas y trazo quizá errado, los hermanos le describieron el castillo de Montalbán como una construcción poco impresionante, pero rodeada de un perímetro de fuerte muralla y él, no solo no había conseguido distinguir hasta el momento traza alguna de aquel edificio, sino que, hasta donde alcanzaba la vista, no acertaba a vislumbrar mota, otero, montículo o cualquier otro accidente del terreno, sobre el que pudiera haberse levantado la encomienda.

Apesadumbrado, hundió la cabeza entre los hombros apartando la mirada del camino.

«¿Por qué nos dejáis de vuestra mano, Señor?».

El caballo, abandonado a su instinto, flojo de riendas y sin órdenes que obedecer, se detuvo a ramonear un arbusto del lindero. Roger, embebido en sus reflexiones, apenas prestaba atención al paisaje que, a su diestra, conformaba vaguadas y recodos entre la arboleda de encinas.

Un relincho de Baibars le hizo levantar la cabeza y una mirada de soslayo le advirtió de algo poco habitual planeando sobre las copas de las carrascas.

La delgada columna de humo blanco que surgía de la hondonada indicaba sin lugar a dudas que no se encontraban solos en aquellos parajes.

¿Algún grupo de leñadores?, ¿soldados del castellán[8]?, ¿Chatrian…? Únicamente existía una forma de salir de dudas.

Enredó las bridas de la caballería en una retama próxima, palpándose después el abdomen para asegurarse de la presencia de la daga. Se encaminó hacia el lugar señalado

8. En el Medievo, señor de un castillo. Habitualmente, encomienda del rey para su defensa y gobierno.

en el cielo por la fina línea volátil, ocultándose de tramo en tramo tras los troncos de los árboles y la frondosidad de los matorrales.

Así, llegó hasta la loma bajo la cual acampaba el grupo. Contó hasta cuatro en torno a la hoguera, otro se afanaba en dar forraje a las caballerías mientras un sexto montaba guardia en la ladera contraria.

Eran hombres de armas, pudo constatarlo examinando las que aguardaban a los pies de quienes descansaban junto a un fuego, donde se asaban lentamente los cuartos de un lechazo no demasiado grande. Sin embargo, no eran soldados, puesto que no pudo ver insignia ni indicación de señorío alguno.

Desde un tocón hasta una rama próxima, habían tirado una cuerda y a ella mantenían atadas a sus monturas por las bridas, sin desensillarlas y con los arreos en su lugar, lo que indicaba claramente que se habían detenido para comer y no tenían intención de permanecer demasiado tiempo por aquellos lugares.

Un gemido prolongado y sordo hizo que Roger fijase su atención en la figura de un joven, no descubierta hasta ese momento, tumbado en el suelo, con las manos atadas a la espalda. No tendría más allá de trece o catorce años y en su rostro se podía leer el temor que le producían sus captores.

El que forrajeaba a las bestias acabó la labor y, de regreso al campamento, propinó un puntapié al mozalbete que transformó su quejido apagado en un grito de dolor.

—¡Trátalo con miramiento! —exclamó dirigiéndose a él uno de los que, en ese momento, trinchaban el asado—. Sacaremos menos si está herido.

El aludido dedicó una reverencia grotesca al detenido que hizo estallar en carcajadas a sus compañeros.

—Perdonadme, oh, señoría. Haré que me azoten por esto —se disculpó socarrón.

El templario observó detenidamente al grupo, intentando concluir cuáles podrían ser las intenciones de aquella extraña cuadrilla. Ninguno de ellos mostraba nada especial a excepción del que hacía la guardia: un cinturón le ceñía la túnica a la cintura y una estrecha tira de cuero que partía de él, recogía su vuelo entre las piernas. Roger había visto alguna vez recoger de esa forma a los árabes la ropa cuando montaban a caballo. De su costado pendía una espada curva.

El caballero se deslizó por la ladera reptando entre zarzas y retamas hasta llegar a donde descansaban los caballos. Apoyó su espalda contra la encina bajo la cual se encontraba el prisionero y chistó en voz baja hasta conseguir que el aterrorizado chico volviese la cabeza.

—¡Oh, señor, por Dios, sacadme de aquí!

—Habla más bajo o no tardaré en hacerte compañía. ¿Quiénes son?

—Moros emboscados, señor, mudéjares en busca de cristianos a quienes vender como esclavos.

—¿Cómo te dejaste coger?

—Fue hace dos días. Estaba pastoreando en la moheda cuando aparecieron. Dieron muerte a cuantas ovejas pudieron y dispersaron al resto.

—¿Cuántos son?

—Los que veis. Partidas como esta bajan de tanto en tanto de las montañas para arrasar aldeas y hacer prisioneros que venden en los reinos de taifa del sur…

—Está bien; mantén la calma.

Roger buscó la daga que llevaba oculta para cortar la maroma que mantenía unidos a los caballos, pero no pudo conseguirlo: al ponerse en pie, pegado al tronco del árbol, produjo un sonido de hojas secas que el pastorcillo interpretó como de huida y comenzó a vociferar:

—¡Señor, no me abandonéis! ¡Por la Virgen os lo ruego! ¡Socorredme o dadme muerte aquí mismo!

Los caballos comenzaron a piafar inquietos y a remover nerviosamente la tierra con los cascos.

—¡Guarda silencio, mentecato, o nada podré hacer por ti! —espetó entre dientes el templario.

—¿Qué le ocurre a ese?

Los que estaban alrededor del fuego se volvieron alarmados. Alguno de ellos hizo intención de tomar las armas, pero se detuvieron al oír al cabecilla exclamar:

—El muy imbécil está rezando.

Un coro de risas acompañó la aclaración del morisco.

—¡La única forma en que puede ayudarte tu Dios es pagando tu rescate!

Las carcajadas fueron en aumento con cada nueva frase despectiva que los de la partida dedicaban al prisionero. Cuando se hubieron calmado un tanto, Roger se dirigió de nuevo en un susurro al pastor:

—Confunden tus lamentos. Por suerte son aún más necios que tú. Puesto que creen que rezas en voz alta, complácelos.

El muchacho tomó aire y comenzó a clamar:

—¡Señor, Dios mío, envía a tu ángel exterminador para que me libre de estos desalmados! ¡Guíalos de nuevo al infierno de donde no debieron escapar nunca!

—¡Hacedlo callar de una vez! —ordenó el jefe de los cazadores de esclavos.

Uno de la mesnada le arrojó el trozo de fémur que estaba rebañando, que cayó un par de metros por encima del prisionero.

—¡Cierra la boca o te aso la lengua! —amenazó.

Arrastrándose, el muchacho se aproximó al hueso de cordero con la íntima intención de localizar al desconocido con quien había hablado. Su decepción fue terrible porque detrás del árbol ya no quedaba nadie.

Desesperado comenzó a llorar entrecortadamente a la vez que golpeaba su frente contra el trozo de hueso.

—¡Está loco! —rió la tropa—. ¡Delira de hambre!

Desde la cima de la ladera que alcanzaba en esos momentos, Roger llegó a escuchar las carcajadas de los facinerosos. Descorrió la loneta trasera del carro a tiempo de ver cómo Guy se estremecía de frío. Mientras tomaba la ballesta y la cargaba, su interior estaba anegado en un mar de dudas. Abajo, le aguardaban seis hombres armados que no iban a dudar en plantarle cara. No podía contar con la ayuda del hermano Guy, ni con la del pávido mozalbete prisionero, y si caía herido, daría al traste con la misión que traía encomendada poniendo en peligro, además, la vida del frater[9] que yacía en el carro. Respiró en profundidad y resolvió:

—Lo lamento, hermano. Es casi un niño y no puedo pasar ante él con los ojos cerrados. ¿Qué sería yo si consintiese otro fin como el de mi escudero, mi fiel Armand?

Puesto que la banda aún no le había descubierto, tenía la sorpresa como aliada.

Sustituyó por otro el hato sobre el que descansaba la cabeza de Guy y lo deslió pacientemente, palpando con nostalgia el albo lienzo que ocultaba en su interior.

Desde que salió de su encomienda, había sospechado que nunca más volvería a vestir el hábito templario, sin embargo, el destino le deparaba una nueva oportunidad. Quizá la última.

Cuando terminó de vestirse, algo había cambiado en su interior. Con las ropas de campesino era un labriego más, con las de la Orden, volvía a sentirse caballero.

Al notar al hombre sobre su lomo, aún sin silla, Baibars relinchó de manera desusada. No había sido adiestrado para tirar de un carro y el retorno a su antiguo papel de caballo de combate parecía satisfacerle.

Las sombras de los árboles se fundían en el ocaso, cuando el caballero picó espuelas e inició el camino de retorno hacia el campamento enemigo.

---

9. Latinismo: Hermano, Fraile.

Se detuvo poco antes de llegar a él. Desde aquella distancia, el fuego pintaba de llamas anaranjadas el escudo y el casco del caballero. Esperó inmóvil hasta que el centinela advirtió con un silbido de alarma a sus compañeros. Se volvieron con rapidez, observando hacia los cuatro puntos cardinales hasta que fueron conscientes de que la fantasmal aparición no venía acompañada de más hombres de armas. Entonces, con ellas prestas, se acercaron amenazadoramente. A partir de ahí, los hechos se sucedieron a velocidad de vértigo:

A una voz del jefe, los moriscos se lanzaron al ataque. Roger apartó el escudo que calzaba en su brazo izquierdo para dejar al descubierto lo que ocultaba en el otro. El dardo pasó de lado a lado al primer atacante.

Dejó caer el arma, que quedó suspendida de su cinturón por una cinta de cuero, y desenvainó la espada mientras lanzaba al caballo al galope. Cruzó por entre los atacantes, dejándose atrás a uno de ellos tratando de restañarse la sangre que manaba del tajo de su brazo, y tras cortar la cuerda que mantenían sujetas las cabalgaduras del enemigo, las puso en fuga encabritando a su montura.

—¡Tras ellos! ¡Se escapan los caballos! —gritó el cabecilla del clan.

El que había estado de guardia hasta poco antes se perdió en la oscuridad persiguiendo la estela de los animales.

Aún quedaban tres para plantarle cara y, lejos de atemorizarse, recuperaron sus armas y se agruparon para cerrar la escapada del templario. Uno se había armado de una larga pica y acosaba a distancia al caballo.

Roger guardó la espada en su funda y azuzó nuevamente a Baibars para conducirlo a través del único hueco que le dejaban sus oponentes. Saltaron por encima del fuego y los forajidos tuvieron durante unos instantes la sensación de que el caballero era un espectro surgido de las mismísimas entrañas del averno.

Sin frenar su velocidad, el templario llegó hasta donde se encontraba el prisionero y, asiéndolo por las ropas, le cruzó sobre la montura y continuó la carrera ladera arriba, mientras oía las imprecaciones y reniegos de impotencia con que sus enemigos los despedían.

Ya en la proximidad del carro, cortó las ligaduras del pastor antes de uncir de nuevo a la caballería.

—Cuida de que el hermano Guy no se golpee en el zarandeo —ordenó al chico mientras acariciaba los ijares de Baibars con las espuelas—. Tenemos que poner tierra por medio antes de que la partida logre recuperar sus caballos.

—Terminarán por darnos alcance —el gañán observaba con temor la arista por donde se despeñaba la ladera.

—Van a buscar huellas de caballo; esperemos que no se interesen por las de un carro.

Partieron a toda velocidad. Roger dirigía el carromato desde el lomo de Baibars, mientras el pastor cuidaba de que la cabeza de Guy no golpease contra los laterales de madera.

—Reventaréis la montura, señor…

Dos leguas adelante redujeron el galope a un trotecillo descansado que el animal agradeció mordisqueando el bocado con el belfo orlado de espuma.

Poco después, hicieron un alto para que el caballero sustituyese sus ropas por las guardadas, junto con las armas, en el interior del carruaje. El muchacho estudió el trajín del templario sin emitir palabra.

—¿A quién sirves? —preguntó Roger mientras se calzaba el sayo pardo de labriego.

—Pastoreo los rebaños del castillo —contestó el chico con orgullo.

—¿Qué castillo?

—¿Cuál ha de ser sino Montalbán?

Roger sintió como un pinchazo en el corazón que le hizo erguirse.

—¿Montalbán, dices? ¿Puedes conducirme hasta allí?

—Puedo, pero no creo que os llegue a interesar lo que encontréis en él. A un caballero del Temple no…

—¡Yo no lo soy!

—Perdonad, vuestras anteriores ropas lo desmentían.

—Las compré por el camino a uno que tenía prisa por deshacerse de ellas.

—Solo un caballero templario se enfrentaría a una cuadrilla de hombres armados para salvar algo tan poco valioso como un pastor…

El muchacho expresó sus sentimientos en un murmullo y Roger prefirió hacer oídos sordos al comentario. Después de eso, el chico guardó silencio.

Unos instantes más tarde, indicó con un ademán de su cabeza la bifurcación de caminos:

—Tomad el de la derecha.

En seguida, en la lejanía se perfilaron las almenas blanquecinas, remates de una prolongada muralla rodena. Como con un resorte, los pies de Roger ganaron altura en el banco del carromato. Desde allí, lograba distinguir también una porción de la torre del homenaje, así como la albarrana que volaba desde el muro interior al exterior. Sin duda, no podía tratarse más que de Montalbán.

A ambos lados del camino, entre la arboleda, podía ver reuniones de mujeres y mozalbetes que, entre bromas, andaban en la brega de recoger la bellota. Alguno de ellos pastoreaba piaras de puercos que hozaban libres entre la floresta.

El ánimo del caballero se enardeció tanto que, de no ser por el gemido continuado de su hermano que le llegaba desde la trasera y obligaba a la templanza, hubiese lanzado el caballo al galope.

No tardó en alcanzar la cimera del altozano, desde donde pudo ver el castillo en toda su inmensidad. Sin duda, no era el Krac de los Caballeros, que los Hospitalarios habían poseído en Tierra Santa, ni el Castillo Peregrino de su Orden, pero se trataba de una construcción tan formidable como austera, con amplio espacio restado a los aposentos del maestre y de los caballeros para dedicarlo a estancias de sargentos, escuderos, talleres de hermanos de oficios y sirvientes.

—¡Llegamos a nuestro destino, hermano Guy! ¡Al fin lo conseguimos! —exclamó el freire alborozado mientras animaba a su caballo a bajar la cuesta.

En ese momento, un grito, lanzado a sus espaldas, recabó su atención:

—¡Martín, te creíamos muerto!

Descubrieron a un mozalbete que, abandonando el saco que cargaba a la espalda, llegaba hasta ellos a la carrera.

—Es mi hermano pequeño —explicó el pastor.

—Quédate con él. Nosotros seguiremos hasta el castillo.

—Ante la tardanza del rebaño, algunos hombres fueron a buscarte, pero solo encontraron ovejas descuartizadas y un campamento con un cadáver. El castellán ha enviado hombres armados para saber de su ganado —luego, dirigiéndose a quien acompañaba a su hermano, el chiquillo espetó—: Vos, frater, no debierais proseguir; el castillo ya no pertenece a vuestra Orden.

—¡Maldita sea, no soy templario! —bramó Roger, airado ante la súbita decepción que le produjeron las palabras del muchacho y, al instante, sintió cómo algo se desgarraba en lo más profundo de su ser. En su país, cientos de hermanos habían elegido el martirio a manos de los verdugos antes que renegar de su sagrada Orden, mientras que él lo había hecho ante un jovenzuelo... ¡que ni siquiera representaba una amenaza! La consciencia de este hecho lo embargaba de ira incontenible.

«Señor, ¿haréis que os niegue tres veces como vuestro apóstol?», clamó en su interior.

El muchacho, azorado, desvió la mirada mientras Roger regresaba a la cordura. Cuando al fin recuperó el habla, espetó seco:

—¿Por qué supones que estoy interesado en la Orden?

—Si sois simples viajeros, debo pediros disculpas por mi confusión. Los caballos que tenemos por aquí, cruzados con morunos, son de alzada corta y natural nervioso. Los únicos *destriers*[10], como el que tira de vuestro carro, los llevaban los hermanos francos de paso por el castillo.

El joven señaló con el dedo las enseñas que ondeaban sobre la torre del homenaje. Entre ellas, Roger, no pudo distinguir el gonfalón blanquinegro de su Orden.

—¿Qué sucedió con los freires?

—Cuando el papa disolvió la cofradía de los Pobres Caballeros, el rey, ansioso por apoderarse de sus posesiones, exigió que las abandonaran. Tras un corto asedio, llegaron a un acuerdo con los sitiadores y los hermanos se dispersaron junto con los bienes que pudieron transportar. Mi padre era porquerizo de la encomienda, ahora mi hermano lo es del rey.

Roger hizo apearse a su acompañante y tiró de las riendas con rabia, obligando a la montura a encarar el camino de vuelta. No habían retrocedido cuatro pasos, cuando preguntó sin girar la cabeza ni detenerse:

—Si un hermano del Temple necesitase socorro, ¿podría encontrarlo por estos lugares?

El caballero no pudo apreciarlo, pero, en el rostro de los jovenzuelos se dibujó una amplia sonrisa de complicidad.

—Si un hermano, en busca de ayuda, tuviese a bien preguntarnos, le responderíamos que siguiese el camino en la dirección que vos habéis tomado.

—Más allá solo existe el páramo desolado.

10. Caballo de guerra muy valorado en el Medievo. Preferido por los caballeros para batallas y justas.

—Todos los caminos tienen un final, incluso los que parecen no conducir a parte alguna. En Nuestra Señora de Melque, nuestro imaginario frater, no debería excusarse de preguntar por micer Beltrán Centurio.

Capítulo 4

—Inclinen la cabeza todo lo que puedan —advirtió Paulino mientras levantaba la lámina de plástico que, a modo de cortina, protegía la entrada del subterráneo. Un cable sujeto al techo, del que pendían en sendos tramos cuatro bombillas alimentadas por el pequeño generador del exterior, iluminaba el habitáculo con luz suficiente.

—Sobre nosotros —prosiguió—, se encuentran los restos de la Atalayuela. Imaginamos que, al igual que en tantas otras atalayas, se accedería a ella por medio de una escalera de mano que, una vez utilizada, se izaría al piso superior, ya que la habitación en que nos encontramos, posiblemente dedicada a almacén de leña o cuadra de caballerías, carece de acceso directo desde la planta superior.

—¿Y para qué la construyeron? —preguntó Marta.

—En aquella época, numerosos tramos del río Tajo servían de frontera entre territorios árabes y cristianos, lo que no evitaba continuas incursiones de rapiña de uno y otro bando. Estas torres de vigilancia avisaban de la llegada de los invasores, poniendo a los pueblos de alrededor en alerta. Se comunicaban entre ellas, de día con espejuelos que reflejaban los rayos de sol y, al anochecer, mediante hogueras encendidas en su remate.

Paulino guardó silencio, dejando tiempo suficiente para que los oyentes se situasen plenamente en el tiempo.

—Poned cuidado en pisar por el camino que indica el cordel; no hay demasiado espacio para rebullirse.

Varios tablones, elevados sobre pilastras de ladrillos superpuestos sin cemento, volaban por encima del lugar de la excavación para facilitar el trabajo, ocasionando el menor riesgo de deterioro posible, y sin desmontar la cuadrícula de fina cuerda que dibujaba la planimetría del yacimiento.

—Es un trabajo para jóvenes —admitió don Andrés—. ¿Quiénes, si no, podrían pasar semanas enteras en cuclillas o tumbados sobre maderos, para trabajar en algo que se encuentra a treinta centímetros por debajo de ellos?

Los ayudantes de Paulino agradecieron el halago del profesor. Pocas personas reconocían esa tarea ardua y silenciosa.

Kiko y Marta subieron a las tablas con más aprensión que temor; nunca, fuera de las láminas del libro de Ciencias, habían visto huesos humanos y, de no haber sido por su inmensa curiosidad, hubiesen abandonado el recinto a la carrera.

—Ahí los tenemos —anunció el arqueólogo—. «A» y «B», o Antonio y Bernabé, tal cual los ha bautizado Lorena. Como verán, «B» es quien se encuentra mejor conservado. El microclima de la cava ha propiciado la momificación de algunas partes de su cuerpo; de hecho, en principio, no los vamos a trasladar al laboratorio del museo, sino al aula de Patología Clínica de la Complutense. Un equipo forense se va a hacer cargo de ellos; hace tiempo que la Paleopatología se ha revelado como una pieza básica en el estudio de cualquier excavación donde se hallen restos susceptibles de ser investigados clínicamente.

Paulino se tomó un respiro:

—Continúa tú, Lorena, al fin y al cabo Bernabé es tu hombre; llevas trabajando en él casi dos meses.

La muchacha se arrodilló en el suelo de tierra prensada y comenzó a explicar, ayudándose en las indicaciones con un lápiz:

—El ajuar, que este cuerpo aporta al yacimiento, consiste en una fíbula esmaltada aquiliforme...

—¿Qué es eso? —interrumpió Kiko.

—Una especie de broche, en forma de águila que, por la posición en que se encuentra, es evidente que el fallecido lo utilizaba para recoger su manto sobre el hombro —puso en claro don Andrés.

—... Una espada corta con la vaina prácticamente desaparecida y restos del armazón de una ballesta —prosiguió Lorena—, y un dato curioso: a sus pies se ha encontrado una bolsa de cuero, bastante bien conservada, conteniendo cinco besantes de oro. Otras veintitrés monedas más se han podido localizar diseminadas en su proximidad.

Emiliano ocupó un lugar en el tablón sobre el que se encontraban los muchachos y tomó el relevo de su compañera:

—Como se puede apreciar, ambos cuerpos yacen paralelos, en decúbito supino...

—Decubi... ¿qué? —Kiko miraba al joven con sorpresa.

—Boca arriba —le aclaró don Andrés.

—Antonio es quien peor se ha preservado —prosiguió Emiliano—. Lo encontramos junto a sus aparejos de campaña: casco con protección nasal, loriga, cofa y aventail, aguantando sobre sí unas calzas de hierro que no llegó a ponerse...

El armamento que se le puede asociar, lo compone una pesada maza con el mango de madera casi perdido, junto con la espada exenta de decoraciones que podemos ver.

El ayudante del arqueólogo buscó la conformidad en los ojos de Paulino, que asintió con el gesto.

—El peso de toda la ferralla que soporta, ha vencido la resistencia del armazón óseo, con excepción de aquellas partes que no se encontraban debajo, como cráneo o manos —reclamó la atención de los visitantes hacia unas falanges al descubierto—, in situ… una corona de oro, de fina orfebrería, de quince centímetros de diámetro.

»Los cuerpos, además, se encuentran ataviados con sobreveste blanca y manto que aún conservan restos de las cruces rojas que los identificaban, a la altura del hombro derecho.

—¿El acceso original del recinto es el mismo que hemos utilizado nosotros? —preguntó don Andrés.

Ramón señaló hacia los pies de andamio que entibaban el hueco de entrada.

—Las laderas de los barrancos son zonas muy inestables, donde las avenidas de agua propician numerosos derrumbes. Quizá no sea aventurado suponer que la entrada se desplomó poco después del enterramiento, taponando el acceso y preservándolo hasta nuestros días.

»Entre la mezcla de escombros se pueden diferenciar claramente los materiales vírgenes del terreno y los que aportó la torre de vigilancia, sin duda ya en ruinas por aquel entonces.

»En fecha posterior, se abrió, posiblemente de forma accidental, otra angosta oquedad en el muro oeste, a través de la cual podría haberse introducido una persona a gatas y que después fue sellada a conciencia con losas desprendidas del torreón y cubierta con tierra de los alrededores.

—Si alguien descubrió este lugar antes que yo, ¿por qué no avisó a las autoridades? —se extrañó Venancio.

Paulino se mesó las incipientes entradas que se adivinaban sobre su frente:

—Quién sabe la causa. Posiblemente sintió miedo, o respeto hacia el descanso eterno de los difuntos. No podemos precisar el momento de la intromisión y las costumbres cambian con los tiempos…

—¿No se evidencian trazas de expolio?

Esta vez fue Ramón quien dio contestación a la pregunta del catedrático:

—No. Unos profundos arañazos en la base de la alacena… —señaló con el mentón un hueco a media altura en la pared este— pudieran indicar que allí se arrastró algún objeto pesado, pero no tenemos forma de saber qué pudo ser, ni si las marcas guardan relación con el enterramiento o se produjeron con anterioridad.

—¿Y la hoguera? —Venancio se sintió extrañado ante la mancha oscura que enmugrecía parte del techo y el enlucido del muro.

—Las cenizas se encuentran casi cubiertas por láminas de cal desprendidas de la techumbre. Todo indica que el fuego fue lo suficientemente importante como para afectar al techado.

—¿Se puede asociar al enterramiento o pertenece a la irrupción posterior? —quiso saber don Andrés.

—No hay forma de determinarlo. Lo que sí podemos asegurar es que se incineró madera que formaba parte de un carro. Entre las cenizas, hemos localizado dos aros y un buje de las ruedas, mezclados con clavos y restos carbonizados de haya, pino, negrillo, encina…

En ese momento, la bocina de un camión sonó insistentemente en el exterior, interrumpiendo el hilo de la explicación. Emiliano se ausentó para ver quién llegaba y regresó al poco:

—Ya están aquí —comunicó a su jefe.

—Señores… —Paulino tomó de las manos a los muchachos ayudándoles a bajar de los tablones—. La visita ha concluido por hoy. Tenemos que proceder a consolidar los restos antes de su transporte; me temo que aquí dentro no tendremos espacio suficiente para todos. Debo rogarles que nos permitan continuar el trabajo.

Acostumbradas a la semioscuridad, la luz exterior hirió sus retinas. Venancio consultó el reloj de pulsera:

—Caray; el tiempo se va sin darse uno cuenta, no llegamos a comer, y ya es hora de merienda.

—Quizá tuviera usted que regresar a casa…

—Ah, no; don Andrés, Carmen no se inquietará. Cuando subo a la Atalayuela suelo perder la noción del tiempo, no es la primera vez; además sabe que los críos están conmigo. Mire, le propongo una cosa: demos buena cuenta de la comida que quedó en la ermita y en la sobremesa, abusando de su amabilidad, me explicará alguna cuestión que me queda poco clara.

Sobre una mesa de camping colocada bajo la protección del atrio, Venancio desplegó el surtido de víveres. Marta y Kiko comenzaron a comer en silencio sin levantar la vista del mantel con cuadros blancos y rojos, y don Andrés no pudo evitar percibirse de ello:

—¿Qué os ha parecido lo que habéis visto en el subterráneo?

Kiko negaba quedamente con la cabeza, pero fue Marta quien contestó:

—Mal; muy mal.

—¿Por qué?

El muchacho dejó el tenedor sobre el mantel antes de responder por su amiga:

—Nosotros esperábamos encontrar a dos caballeros con la armadura puesta y cascos con penachos de plumas de colores, tumbados sobre unas mesas de piedra, con las espadas listas para el combate y, a lo mejor, hasta... con sus caballos, como estatuas, esperando una orden del jinete para revivir y, en vez de eso, nos enseñan un montón de huesos y polvo mezclados con hierros oxidados y trozos de tela más pasados que el delantal de mi abuela... ¡Y encima nos dicen que es una cosa maravillosa que se encuentra en un estado de conservación estupendo!

—Y así es. ¿Os gustan las historias de Sherlock Holmes?

—¿El detective de la pipa y la lupa? A mí, desde luego; a Kiko...

—A mí me van más las de Indiana Jones.

—Pues la labor de un arqueólogo, cuando puede eludir la burocracia y la rutina, es una mezcla de ambas. Hasta el día de hoy, el equipo de Paulino ha desarrollado la del señor Jones; pero, a partir de que las piezas recogidas entren en el laboratorio, comenzará a trabajar Holmes.

—Pero si luego las ponen en un museo y ya está…

—Esa es la última etapa; antes se aplicarán a la tarea de estudiar a fondo todos los materiales retirados del yacimiento. Buscarán en ellos los datos que ayuden a saber quiénes eran, la forma en que encontraron la muerte y…, bueno, después, compararán los resultados con los obtenidos por otros colegas en distintos yacimientos e intentarán establecer conexiones y, al final, se volverán locos buscando la forma de publicar su trabajo para que otro arqueólogo, investigador o historiador interesado en el tema, pueda continuar la indagación en el punto que ellos la dejaron.

—¿Entonces se puede descubrir todo lo que pasó estudiando los materiales de la cueva?

—Todo, no. Desde que se efectuó el enterramiento de los dos templarios, hasta el día de hoy, han transcurrido casi setecientos años. En ese período de tiempo, muchos datos se habrán perdido para siempre y, sobre todo, nunca se conocerán las motivaciones que indujeron a llevarlo a cabo, pero aún queda gran cantidad de información que no se debe desaprovechar. Ese es el verdadero trabajo.

Mientras el catedrático hablaba con los jóvenes, Venancio terminó de recoger la mesa. El sol se ocultaba tras las montañas del horizonte, cubriéndolo todo bajo un manto de color ocre brillante.

—Venga usted, no es cuestión de perderse el espectáculo; muchas tardes subo hasta aquí exclusivamente para verlo.

Venancio, con un termo bajo el brazo, arrastró literalmente al profesor hasta la base de la atalaya. La voz de Paulino les advirtió desde el nivel inferior:

—Nos marchamos, se nos ha ido la tarde sin terminar la tarea. No nos queda otro remedio que permanecer aquí un día más… ¿Bajan con nosotros al pueblo?

—Nos quedaremos un rato —respondió Venancio.

—Os veré después en La Estrella —fue la promesa de don Andrés.

—Le esperamos. Hasta luego a todos.

Sonaron los motores de los vehículos abandonando el lugar y el anfitrión liberó el termo de café de su taza y tapa, vaciando en ellos el contenido.

Se habían sentado los cuatro sobre una afloración de rocas en la base de la torre vigía, para admirar desde el altozano el panorama del valle, donde el juego de luces violetas, azules, anaranjadas y ocres golpeaba contra las nubes, como olas de mar en el rompiente. El día desplegaba todas sus fuerzas en un último intento de permanecer en el paisaje.

—Llevaba usted razón; merecía la pena quedarse.

—Ando dándole vueltas a la cabeza… ¿Usted no cree que los personajes que reposan bajo nosotros pudieran haber sido caballeros participantes en un torneo y que, vencedores, aunque heridos de muerte, fueron sepultados con los trofeos ganados? Vea, si no…: uno tiene una corona de oro y el otro un puñado de monedas…

—Es una posibilidad, pero, en este caso, no parece factible —negó don Andrés con una sonrisa.

—¿Por qué? —intervino Kiko.

—Si ambos caballeros fueran templarios, y parece que así debemos admitirlo a juzgar por sus aparejos, les habría estado prohibido participar en torneos, a menos que este supusiese un simple ejercicio militar y, por tanto, no hubieran recibido premio alguno. Hay que tener en cuenta que las normas por las que se regían eran estrictas en cualquier aspecto; tanto que, de encontrársele monedas entre las ropas a un caballero difunto, hubiese sido excluido de la Orden a título póstumo y sepultado fuera de sus cementerios.

—Reconozco lo poco que sé de ellos… —confesó Venancio—, aparte de que eran inmensamente ricos…

—Y austeros en la misma medida.

—… Y que se trataba de herejes practicantes de ritos satánicos —insistió.

—De eso fueron acusados en el proceso que sufrieron posteriormente, pero las únicas pruebas allí aportadas fueron sus propias declaraciones obtenidas bajo terribles torturas físicas y, por tanto, nada dignas de crédito.

—Entonces… ¿Quiénes eran realmente los templarios?

—Eso, a ver si nos enteramos de una vez —protestó Kiko.

—Las gestas de los templarios escribieron las páginas más bellas de la caballería medieval. Fueron hombres aguerridos, bravos, valientes… y controvertidos, que pusieron todo su empeño en proteger los Santos Lugares. Capaces de entregar con generosidad sus vidas en las batallas contra los enemigos de la religión cristiana y, sin embargo, taimados y astutos cuando suponían que de ello podrían obtener provecho material para su Orden. Tan queridos por los cristianos como temidos por el islam…

Marta enarcó una ceja e hizo la propuesta con el mismo descuido con que apartó el mechón de pelo de su rostro:

—¿Por qué no nos cuenta su historia?

—¡Dios mío!; una biografía de doscientos años no se puede resumir en una conversación.

—Tenemos tiempo de sobra; hasta el lunes no hay colegio —rebatió Kiko, ilusionado.

Don Andrés buscó comprensión y ayuda en Venancio, pero este lo miraba con una sonrisa de conformidad.

—Allá ustedes —se rindió al fin—. Espero que después no me culpen si se aburren. —El profesor permaneció mudo unos instantes reorganizando el archivo de su memoria, carraspeó y dio comienzo a su relato—: Si todo debe tener un principio, supongo que este sería hacia el siglo XI, cuando estaban en pleno apogeo las peregrinaciones a Roma y a Santiago de Compostela y el mayor gozo que podía sentir un cristiano era llegar hasta Tierra Santa y postrarse ante el Santo Sepulcro en Jerusalén.

»Para tan difícil y peligroso viaje, se seguía un camino preestablecido a lo largo del cual se levantaban hospitales y hospederías que mitigaban, en parte, las fatigas e incomodidades del extenuante camino.

»En aquel entonces, Tierra Santa estaba en poder de los califas abasíes, gobernantes de Bagdad, quienes, pese a profesar la religión islámica, no tenían inconveniente en consentir a los cristianos la visita de unas tierras que eran sagradas para ambas religiones. ¿Motivo?... La fuente de saneados ingresos que suponía la llegada continua de peregrinos, similar a la que produce hoy en día su explotación turística.

»Esta situación se mantuvo hasta mediados de siglo, cuando los turcos selyúcidas[11], integristas fanáticos, se apoderaron de todo el territorio. A partir de ese momento, comienzan a llegar a Occidente relatos pormenorizados de las atrocidades cometidas por los turcos contra peregrinos cristianos.

—¿Por eso se organizaron las cruzadas? —preguntó Venancio mientras se servía otra taza de café.

—Sería ingenuo afirmar que fuera ese el motivo por el que se gestó la primera guerra santa, pero, dejando a un lado los intereses políticos y económicos del momento, fue el que con más fuerza arraigó en el corazón del pueblo, provocando un torbellino de fervor religioso.

»En el Concilio de Clermont, en Francia, el papa Urbano II ofreció la remisión de todos los pecados a quienes se enrolaran en una peregrinación armada para liberar los Santos Lugares de manos infieles. La acogida de la propuesta superó todos los límites imaginables.

»La falta de coordinación hizo que, al amparo de la peregrinación oficial, floreciesen otras populares formadas por masas ingentes de fieles que recorrieron Europa asolando villas y aldeas en busca de comida y pertrechos.

11. Dinastía que dominó Oriente Próximo y otros territorios en los siglos XI y XII. Grupo turco sunita de origen nómada que se integró con los persas, adoptando parte de su cultura.

La más representativa de ellas fue la acaudillada por Pedro el Ermitaño, un predicador iluminado, que arrastró a una multitud fanatizada hasta el valle de Dracón, en el camino de Nicea, donde, atrapados por los turcos, solo las mujeres y los niños útiles para los harenes, se libraron de la muerte.

Un escalofrío recorrió la espina dorsal de Kiko:

—Voy un momento al coche a por algo de abrigo.

—Si quieres, dejamos el relato para mejor ocasión —ofreció el profesor.

—De ninguna manera; en seguida vuelvo.

Minutos después, estaba de regreso con una corta, pero acogedora, manta de viaje que distribuyó entre los hombros de su amiga y los suyos y de esa forma, arrebujados bajo el ropaje, se dispusieron a seguir el hilo de la historia.

—La Santa Peregrinación oficial…

—¿No se llamaba cruzada? —interrumpió Venancio.

—Los peregrinos cosían una cruz roja simple sobre sus túnicas como símbolo de haber abrazado la cruz y por tal causa se comenzó a llamarles *croisaders* —cruzados, en francés—, pero eso ocurría en el siglo XIII y el uso de la palabra «cruzada» no se popularizó hasta el XVII, pero, si lo prefiere, a partir de ahora, utilizaré ese nombre.

Venancio se alzó de hombros quitando importancia a la cuestión.

—Pues bien, esta primera cruzada, tres años después de ser convocada, llegó a Jerusalén, y el 15 de julio de 1099 conquistaron la ciudad tras un cruento asedio.

»Después de esto se pudo recobrar la ruta de peregrinación, pero…, siempre hay un pero, ¿verdad?, una vez cumplido su objetivo de liberar los Santos Lugares, los cruzados ansiaban regresar a sus tierras junto a sus familias en Occidente, amenazando con dejar desprotegidas las conquistas.

»Por fortuna, aproximadamente trescientos caballeros, segundones de casas nobles, y algo más de un millar de infantes, decidieron establecerse en el nuevo reino de Jerusalén. Una vez conquistada Tierra Santa, los peregrinos podían hacer de nuevo la ruta, sin dejar de pisar tierra cristiana, hasta llegar a la ciudad costera de Jaffa. Desde allí hasta Jerusalén, les esperaba un camino hostil y accidentado donde eran víctimas de las bandas de ladrones que asolaban el territorio.

—¿Y no podían poner policía o algo así? —interrumpió Kiko.

—El rey de Jerusalén no contaba con la suficiente gente de armas como para hacer cosa semejante. Acuciado por la tarea de mantener el reino, no podía garantizar la seguridad de los peregrinos en una ruta que únicamente se aliviaba, en tramos, por la presencia de la Orden monástica de San Juan del Hospital, encargada de recoger enfermos y proporcionar alojamiento seguro a los peregrinos.

—Entonces aparecieron los templarios —Marta sacó una mano de la manta para apartarse un mechón de cabello rebelde—, ¿verdad?

—Así las cosas, un buen día, entre 1115 y 1118, dos caballeros: uno francés, Hugo de Payns y otro flamenco,

Godofredo de Saint-Omer o Saint-Adhemar, se dirigen a Balduino II, con la intención de formar una original orden monástica dedicada a la custodia y protección de los caminos.

»Aunque sus efectivos son más bien escasos —entre siete y nueve caballeros, que junto a escuderos y sirvientes no superarían la treintena de personas—, el rey acoge la propuesta con los brazos abiertos y asigna como cuarteles para los Pobres Caballeros de Cristo, como se hacen llamar, las mezquitas de Koubet al Saqhara y Koubet al-Aqsa, emplazadas en el solar del antiguo Templo de Salomón, de manera que popularmente se los llamó Caballeros del Templo —*Temple*, en francés—, y por ende, templarios.

»Siempre andan atareados. Cuando no están luchando o protegiendo los caminos, entre ellos el extremadamente peligroso de Cesarea, celebran oficios religiosos, como monjes-soldados que son. El pueblo llano los respeta, sin embargo los religiosos los soportan mal: ni los soldados pueden ser monjes, ni estos deben verter nunca sangre humana.

»Esta situación ambigua cambia a partir de 1127, cuando Hugo de Payns viaja a Europa en busca de la solución. Bernardo de Clairvaux, que con el tiempo sería san Bernardo Claraval, utiliza su enorme prestigio ante el papa Honorio II para echarles una mano… y, desde ese momento, se puede decir que la Orden del Temple queda oficialmente establecida y recibe un aluvión de caballeros y señores que, donando sus bienes a la Orden, desean integrarse en ella.

Los oyentes guardaron silencio en espera de que don Andrés decidiese proseguir con su narración, pero, absortos como estaban en el relato del profesor, ninguno oyó los pasos que se acercaban por su espalda, hasta que fue demasiado tarde:

—¡¿Qué hacen ustedes aquí?! —inquirió una voz autoritaria.

No pudieron evitar un respingo antes de volverse. Una luz intensa les cegó durante unos instantes.

—¡Hombre, Felipe, por amor de Dios; no puede venir uno pegando esos sustos! Haga el favor, baje esa linterna. —Venancio reconoció al guarda de la empresa de seguridad que el Ayuntamiento había contratado para preservar el yacimiento cuando no hubiera arqueólogos trabajando en él.

—Perdone, don Venancio, es que no es normal ver un grupo de gente tan tarde por estos lugares. ¿Este viene con ustedes? —Felipe elevó la mano con la que llevaba sujeto a Maurino por el cuello de la camisa.

—¿No es el hijo de Vicente, el de los materiales de construcción?

—Le he sorprendido queriendo colarse en el subterráneo. Me veré obligado a avisar a la Guardia Civil.

Maurino pedía ayuda con la mirada a su eterno rival, Kiko, que balanceaba la cabeza en actitud recriminatoria.

—Déjalo; no es mala persona. Bajará con nosotros al pueblo.

—No sé si debiera…

—Debe, hombre, debe; solo es una trastada de chavales, haga caso a mi hijo; hablaré con su padre para que vea de mantenerlo a raya. —Venancio tomó el relevo en el cuello de la camisa del muchacho y se lo llevó hacia el automóvil—. ¿Se puede saber qué se te ha perdido ahí dentro, a estas horas?

—Es que…, quería ver el tesoro.

—¿Qué tesoro?

—El que todos en el pueblo dicen que hay en la tumba.

Venancio, resignado, elevó la mirada al cielo mientras abría las puertas del coche:

—El único tesoro que existe lo encontrarás en el estudio y el trabajo; aplícate a ellos y no hagas oído a cuentos de vieja —después se encaró con don Andrés—: A mi esposa y a mí, nos gustaría que cenase en casa.

—A mí, también —se adhirió Kiko desde el asiento trasero.

—Pues ya ve que todos estaríamos encantados.

—Y yo se lo agradezco sinceramente, pero debo ver a Paulino y a su equipo; no les queda demasiado tiempo de permanecer por aquí y existen algunos aspectos del yacimiento que me gustaría comentar con él. Creo que sustituiré la cena por una ducha caliente, un vaso de leche tibia y un sueño reparador… A mi edad, se necesita mucho tiempo para hacer todas esas cosas.

La mirada de Kiko se alegró repentinamente:

—¿Eso quiere decir que se quedará en el pueblo?

—Unos días al menos; hasta que reúna el material necesario para incluir este yacimiento en mi próximo trabajo.

—¡Bien! —se le escapó a Marta desde el asiento trasero—. Entonces podrá terminar de contarnos la historia de los templarios, ¿verdad?

—Haré todo lo que esté en mi mano, pero no gratuitamente; a cambio, hay algo que podéis hacer por mí.

—Usted dirá.

—Necesito algunos apuntes sobre la comarca para establecer, dentro de lo posible, los asentamientos templarios que pudieron existir. De haberlos, me gustaría visitar esos lugares antes de marchar. ¿Tenéis biblioteca en el pueblo?

—Una. En la escuela —se apresuró a contestar Kiko.

—Dos —rebatió Marta—. Don Agustín nos permite consultar la de la iglesia, aunque es un rollo: solo tiene libros viejos que se desmoronan si no los tratas con cuidado. Apestan a humedad.

—Tenía pensado acercarme a la iglesia para conocer la escultura original de la virgen de la Encina…

—No hay problema. Quedamos para mañana en la puerta de la iglesia; a misa de una —se comprometió Kiko.

V
La dehesa de Melque

Había comenzado a llover mansamente; lluvia gruesa y rala repicando en los campos de barbecho con ritmo monocorde.

Un escalofrío recorrió su espalda. Roger de Vichiers dejó sueltas las riendas para abrigar bajo la manta a su compañero que permanecía mudo y despejado, atento al fluir del agua que, sin prisas, calaba el entoldado. Cubrió sus hombros con el manto de invierno forrado de carnero, mientras escudriñaba el camino atento a cualquier señal que indicase la proximidad de la ermita de Santa María de Melque, mencionada por el gañán.

La andadura transcurría por tierra engañosa, plagada de lomas redondas y hondonadas distribuidas caóticamente como sarpullido en la piel de un gigante, tras de las que se podría ocultar con facilidad una partida de facinerosos dispuestos para la emboscada.

Media legua más tarde, hubo de abandonar el camino y transitar a campo través: el paredón derrumbado de una choza de adobe dificultaba el paso del carro. Al fondo del vallejo, remansando las aguas del regato, una pequeña presa se vaciaba en espumosa torrentera y desde el altozano, algunas piedras desprendidas de un tramo de muro visible, habían rodado hasta reposar en la orilla de la balsa.

Ante el cúmulo de evidencias, el corazón de Roger comenzó a latir apresuradamente. Obligó a Baibars a tomar la bifurcación del camino que ascendía hacia la cima, pero, una vez llegada a ella, la construcción no se evidenció ante sus ojos hasta haber traspasado el hueco abierto en la cerca donde alguna vez hubo de encajar la puerta que serviría de único acceso al recinto. La sorpresa hizo que detuviese la caballería.

Había esperado encontrar una sencilla construcción rural y en su lugar se topaba con una poderosa mole granítica que remotamente recordaba a una iglesia en su planta, cruciforme, pero resultaba difícil de adivinar puesto que, a simple vista, aparecía como la reunión de cuatro grandes cubos de piedra apiñados para proteger el espacio central que remataba una desmochada torre defensiva.

Se había edificado con piedra de cantería de aparente talla grosera e irregular, pero sus bloques engarzaban entre sí con la misma precisión y delicadeza que si hubieran salido de la mano de un escultor, mostrando un muro ciclópeo contra el que se habría de estrellar cualquier intento de conquista.

Una vez repuesto de la primera impresión, Roger apreció que la sensación de abandono era total; hacía tiempo que nadie reparaba las partes arruinadas y grandes bloques de piedra, yaciendo por doquier, rielaban al sol de agua, dando cobijo a sabandijas y malas hierbas que crecían bajo su protección.

Dejó el carro cerca de la entrada y golpeó el portón con el puño cerrado, obteniendo el eco como única respuesta.

Repitió la llamada insistentemente hasta que un rostro se materializó en la penumbra de una de las ventanas.

—¿Qué deseáis, hermano? —preguntó alguien con voz de fastidio.

—Ayuda para dos cristianos.

—A duras penas logramos subsistir nosotros; id con Dios.

—Que Él os guarde. Bastaría con que nos dejaseis pasar la noche a cubierto en vuestro pajar.

Se oyó un cuchicheo de consulta que Roger pudo percibir claramente.

—¿De qué pajar habláis?, el nuestro se hundió; nada podemos hacer por vosotros.

Roger descargó el puño de nuevo contra la madera, esta vez con furia mal contenida:

—¡Abrid en nombre del Señor y llevadme ante micer Centurio!

Un nuevo murmullo acompañó al coro de risitas mal disimuladas que se dejó oír en el interior.

—¿Os conoce el hermano?

—Nos envía alguien de Montalbán; dejadme hablar con él.

Los viajeros pudieron percibir el sonido de la puerta al ser liberada del travesaño que la aseguraba interiormente. En el umbral, apareció la figura breve de un ser extremadamente delgado, cubierto con los harapos de un hábito de estameña sujetos con un cabo de soga a modo de cinturón, que escrutó al recién llegado con evidente curiosidad y, olvidando el trato de respeto, accedió:

—Podrás ver a Beltrán, ya que tanto lo deseas.

—En el carromato… La enfermedad y el agotamiento tienen postrado a mi compañero.

—Nos ocuparemos también de él; entrad.

En el interior, se prolongaba la sensación de soledad y abandono de la iglesia. Tal vez, en un día soleado, la oscuridad se mitigaría brevemente por la luz colándose por los cuatro óculos de la cúpula central en complicidad con las escasas ventanas, pero fuera llovía a intervalos y las nubes no dejaban hacer su labor al sol. A Roger le llevó un tiempo adaptar su visión a la penumbra reinante.

La ornamentación habría desaparecido hacía mucho tiempo, a juzgar por las hornacinas desiertas y el fragmentado altar. Diminutas partículas de polvo bailaban en un rayo de sol, furtivo entre las nubes, cuando Roger, siguiendo al desconocido, atravesó el portillo abierto al final de la nave.

Habían llegado a un habitáculo de pequeñas dimensiones y a cielo descubierto; una especie de claustro, conformado por arcos bajos labrados en su mayor parte en una sola piedra de granito, con la forma de la omega final, que debía de servir como cementerio de los eremitas que allí moraban.

El guía señaló a un individuo que permanecía en cuclillas bajo la lluvia, con las piernas abrazadas y el mentón oculto entre las rodillas. Todo su ser rezumaba la misma humedad que el suelo sobre el que se asentaba.

—Con Beltrán os dejo; procurad no incomodarlo en su meditación.

Dicho eso, el hombre, retornando apresuradamente sobre sus pasos, atrancó la cerradura de la puerta. Sus risas, antes ahogadas, resonaron estruendosamente dentro del estómago dormido de la construcción.

El caballero abominó de sí mismo por haberse dejado llevar ingenuamente hasta trampa tan burda y, por instinto, trató de buscar alguna salida.

Una angosta ventana condenada con escombros situada sobre la puerta por la que había accedido y otra oquedad enrejada en el muro lateral eran las únicas vías de escape posibles. Se acercó a esta última solo para confirmar que la verja, inutilizada por el orín, parecía no haberse abierto nunca.

Asió al monje en trance y lo sacudió con fuerza…

—¿Qué clase de broma es esta? Tornad a vuestro cuerpo de una vez u os haré regresar yo—. Pero no consiguió que el zarandeo lo despertase.

Recorrió el recinto como un león enjaulado, sin encontrar resquicio por donde escapar de aquella farsa, hasta que el relincho de Baibars le trajo la imagen de su hermano yaciendo sin amparo en el suelo del carromato. La indignación abrió de golpe un hueco en su pecho.

—Disculpad, monseñor, por la vil utilidad que os voy a dar —dijo con sorna mientras ponía su abarca embarrada sobre el hombro del cenobita y, tomando impulso, se alzaba hasta el borde de la arquería que, como adarve de muralla, circundaba el patio. Una vez arriba, hizo un cálculo angustioso de la altura que lo separaba del exterior; pasó una pierna por encima y, a horcajadas sobre el aparejo del muro, se sujetó con las manos en el borde; luego, dejando que su cuerpo se estirase todo lo posible…, abrió las manos.

Rodó hasta el límite de la escombrera maldiciendo el sino que lo había apartado de su escribanía en la encomienda y lo había llevado hasta aquel lugar remoto para revolcarlo en el lodo como puerco feliz.

—¡Cuerpo de hombre! Cuarenta y dos años son demasiados para andar asaltando muros… —se quejó mientras a duras penas lograba enderezarse y comprobar la integridad de sus piernas. Un dolor agudo le punzó la boca del estómago, bajo la ropa, la daga curva de jerife que ocultaba, le había dibujado un visible hematoma violáceo.

Corrió cuanto pudo, circundando la edificación hasta dar con el carruaje. El caballo había desaparecido y su ausencia inclinaba el carromato sobre las varas de manera que Guy, incapaz de valerse, había rodado en su interior hasta quedar dolorosamente encajado bajo la zaga.

Fue la ira la que dio fuerzas a Roger para levantar el carro por las varas, arrastrarlo hasta una de las paredes de la ermita y desplegar el tentemozo que aseguraba su horizontalidad. Comprobó que su hermano no había sufrido daño alguno y se pudo felicitar porque los años de campaña le enseñaran a asegurar los fardos con cuerdas, de lo contrario a Guy le hubiesen caído encima las consecuencias de su negligencia.

Una rápida inspección le bastó para notar que, junto con el animal, los víveres también habían desaparecido. Una nube sanguínea cegó sus ojos.

Trepó por la improvisada torre de asalto y con la espada fuera del cinto, se introdujo por una de las ventanas. No le fue fácil. Lo angosto del paso y su interior abocinado no facilitaban ningún tipo de sujeción, por lo que no pudo evitar deslizarse cuesta abajo hasta dar pesadamente con los huesos en el pavimento de juncos y tierra prensada.

Ya no era mozo, Señor, y un grupo de estúpidos ermitaños le estaba complicando la existencia más de lo que estaba dispuesto a soportar…

Se puso en pie y recogió el arma; en ese momento, el eremita de la risa de orate, cruzó la penumbra ante él; en sus manos llevaba las bridas de Baibars. Roger inició su persecución, pero no había recorrido tres pasos, cuando una voz tronó entre tinieblas:

—¡Guardad el arma, templario!

Se volvió hacia el lugar de donde procedía la orden. En la oscuridad se perfilaba el rostro enjuto y airado de Beltrán. Por su frente se deslizaban gotas de lluvia que, como diamantes líquidos, pendían de la nariz y los lóbulos de sus orejas.

Roger apoyó la punta de su espada contra el pecho del micer. Una ligera presión en la empuñadura y el arma, por su propio peso, hubiese traspasado limpiamente el saco de huesos que era su adversario.

—¿Quién sois vos para darme órdenes?

—Nadie. Solo el maestre puede mandar sobre un caballero; sin embargo, de mis manos podréis tomar la redención de vuestras culpas.

De la oscuridad surgió el brazo del hombre donde, cuidadosamente plegada, Roger pudo reconocer la túnica negra con la cruz paté cosida en el hombro y el manto del mismo color que vestían los capellanes de su Orden.

—Disculpad a los hermanos; el invierno está llamando a la puerta y las nasas de la presa no recogen apenas pescado. La posibilidad de quitar las telarañas de la despensa cegó sus entendederas.

—Un templario no roba comida ni desasiste jamás a otro freire —rebatió tozudamente Roger mientras limpiaba su mentón de grasa con el mismo paño en que estaba envuelto el pedazo de tocino salado que compartían.

—Ellos —micer Beltrán señalaba a sus tres compañeros con el canivete— nada tienen que ver con la Orden. Cuando Montalbán fue entregada al rey, todas las aldeas, labrantíos y granjas que dependían de la encomienda cayeron en desgracia. Al poco, la labor de muchos años se perdió y los campos, dejados de la mano del hombre, parecían cencidos y agrestes. El sagrado cuerpo de la Orden se estaba derrumbando por toda la península; yo fui testigo obligado.

Los ojos del capellán brillaban con luz de agua.

—Mirad mis dedos… —Sostuvo ante Roger su mano derecha, rígida e inútil—, tiempo atrás aprisionaron con fuerza la espada ante el muslim, hasta que, un mal día, un marrano cercenó sus tendones de un tajo limpio. Fijaos bien…, ahora son palos secos.

—Todos guardamos cicatrices.

—Estoy viejo y casi inútil, solo hubiese supuesto una carga más que arrastrar en la penosa peregrinación de mis hermanos. Preferí recluirme entre estos muros arrumbados donde, poco a poco, se fueron refugiando los compadres. El que está a vuestro lado es Jeremías, el loco; el trato con sus vecinos lo volvía temiblemente agresivo.

Aquí ha encontrado la paz que su alma necesita. El de más allá es Pelayo, Cuellosoga, salteador de caminos; se libró de la mancuerda porque se partió la maroma de la que le iban a colgar; sus verdugos vieron en ello la mano de la Providencia y aplazaron su ejecución, junto con la promesa de que, Dios mediante, acometerían un nuevo intento si tenía los hígados suficientes para regresar alguna vez por la comarca… El último es Mateo, ni habla ni oye, pero es el más despierto de todos. Prefiere permanecer aquí antes que mendruguear bajo los pórticos de las iglesias… Podéis ver, ni hombres de armas ni aun de religión…, son espantados del mundo como yo. ¡Y con semejante leva querrá el Señor que Santa María de Melque retorne a ser lo que antaño…!

—Aparentemente vuestro destino no ha sido más venturoso que el nuestro…

Beltrán, entornando los agotados párpados, descansó su espalda contra el muro para suspirar quedamente:

—No hubiese sido menguada dicha la de entregar el alma en Ultramar…, pero, supongo, que cada uno debemos cumplir la misión que nos ha deparado el destino. Mi hombro os ha permitido saltar el muro —sonrió con desgana.

—*Kismet,* es la palabra árabe para el destino incierto. —Guy había permanecido en silencio recostado junto a la hoguera. Roger se acercó con un cuenco de caldo caliente en las manos, pero él lo rechazó con gesto suave—. No malgastéis víveres; son más necesarios aquí… —elevó los ojos hacia el techo—, que donde me están esperando.

Roger sonrió e, intencionadamente, varió el sentido de las palabras que acababa de escuchar:

—Mucho me temo, compañero, que ni vos ni yo habremos de pasar luego a lugar alguno. El camino que nos conducía hasta Montalbán se ha estrellado bruscamente contra estos paredones. Llegamos al final.

Beltrán no estuvo de acuerdo:

—Ni una cosa ni otra, hermanos míos, ambos os confundís lamentablemente.

—Todas las puertas están cerradas —negó Guy.

—Muy al contrario; basta empujarlas levemente para encontrar, al cabo, que la llave no ha sido echada.

—Sois demasiado críptico, micer —El templario enfermo se revolvió inquieto junto al fuego—, os aseguro que mi cabeza no está para adivinanzas.

—Antes del ágape, el hermano de Vichiers tuvo la deferencia de mostrarme el tesoro que transportáis en el carro. Es algo demasiado importante para que no llegue a su destino.

—Ya no hay tal destino.

—Erráis de nuevo, Roger; no todo está perdido. Vuestro cometido era entregarlo al maestre de la encomienda de Montalbán y eso ya no podrá hacerse... —Beltrán se incorporó pensativo. No estaba acostumbrado a hablar durante tanto tiempo seguido y se le notaba incómodo—, pero, hay ordenes militares en la península... Montesa, Calatrava..., que acogen a los desparejados caballeros templarios que lo desean, quizá en ellas... No. Mejor olvidadlas, ninguna serviría a nuestro propósito porque no poseen en su origen el germen del Temple.

—¿Qué traéis en el magín? Tanto el hermano Guy como yo, hace tiempo que agotamos nuestra capacidad de sufrimiento. No hemos especulado aún con nuestro futuro, pero, quizá este sea un lugar tan bueno como otro para acabar nuestros días.

—¿Bueno...?, ¿para quién? ¿Acaso sabéis roturar los campos o podar frutales?... ¿Sois entendidos, tal vez, en injertar vides? Aquí sobran zánganos de armas que alimentar y escasean manos para la labor, y me temo que las vuestras no sabrían distinguir entre una raedera, la reja del arado o el freno de un caballo. En Melque hacen falta labriegos, no soldados. Vuestro viaje aún no ha rendido término.

Las palabras del capellán produjeron una sensación desagradable en sus oyentes, pero eso no evitó que prosiguiese con ironía:

—Quizá prefiráis... Sí; también os acogerían los Hospitalarios. En el reparto les ha correspondido una suculenta parte de los despojos de nuestra Orden.

—¡Eso nunca...! Continuad.

Podía ser que el Temple ya no existiese, pero la animadversión conocida entre ambas órdenes seguía latente.

—He tenido noticia de que alrededor de la encomienda de Tomar, en Portugal, se están congregando, como posos en un azumbre de vino, los caballeros desgajados de otras bailías de peor suerte. Si algo nuevo ha de gestarse, no lo dudéis, saldrá de Tomar. Estoy seguro de que allí agradecerían sumamente el aliento que transportáis en el carromato.

—Oh, Señor. ¿Nunca nos darás descanso? Somos para ti como juguetes en las manos de un niño.

Micer Beltrán se llevó un pedazo de comida a la boca. Según se veía, el comentario de Roger le parecía fuera de lugar:

—No desesperéis, hermano; nadie ha sido jamás dueño de su destino pese a que prefiramos creer lo contrario.

Un manto de pesadumbre había envuelto al templario. Sus labios se deformaron en un rictus de dolor intenso que no pasó desapercibido para su capellán.

—Un hombre no debe pasar la vida huyendo, necesita paz y sosiego para reconciliarse con el Señor y consigo mismo.

Mientras murmuraba, Roger se levantó sin prisas y abandonó la nave de la iglesia. Fuera, la lluvia, como pasada por tamiz invisible, se había vuelto tan leve que solo se percibía en la humedad con que el viento refrescaba el rostro, abotargado por el calor de la hoguera.

Se alejó de la entrada para orinar sobre un montón de escombros con la visión acuosa y perdida en un horizonte de nieblas. Al regreso, Beltrán lo aguardaba en el alfiz, revestido con el manto de la Orden.

—¿Os embargan los recuerdos? Me cuesta menos imaginaros con el rostro salpicado de la sangre del muslim que de lágrimas pueriles… ¿Qué pesa sobre vuestro corazón?

—También he llorado otras veces por los enemigos que hube de matar. Nunca encontré placer en ello.

—¿Deseáis que os oiga en confesión?

Roger clavó la mirada en su interlocutor, buscando respuestas en los ojos glaucos de aquel remedo de hombre, más parecido a un espantapájaros de huerta que a cualquier capellán que hubiese conocido en su Orden. Una persona tal, ¿podría proporcionarle el bálsamo que su corazón precisaba?

Pensativo, se mesó los cabellos, encontrándolos sucios y demasiado largos bajo sus dedos. ¿Dónde quedaba el cabello rapado a que obligaba la Regla? ¿Dónde la luenga barba de la que se enorgullecía cualquier templario? Sonrió irónico sin que sus labios lo demostraran: debía de presentar un aspecto más lamentable aún que el del castellano.

El capellán se le unió para recorrer en el crepúsculo, con paso indolente, el perímetro que delimitaban las ruinas del muro exterior.

—*Ave Marie purissimae.* ¿Qué atormenta vuestro espíritu, hermano?

Roger respiró en profundidad antes de responder.

—El pecado más repugnante que pueda cometer un caballero: la cobardía.

—Hermano..., hemos sobrepasado los cuarenta años, lo que, ya de por sí, representa todo un prodigio. A nuestra edad, la cobardía no existe, se ha diluido transformándose en prudencia.

—No tratéis de procurarme consuelo, os lo suplico; es demasiado tarde. Si me interrumpís, no seré capaz de proseguir.

—Adelante.

—Años atrás, hubo un desgraciado atardecer en el que, tras supervisar la tala de leña en el bosque alto de

Mahan, regresaba hacia el convento junto con mi escudero, cuando topamos con la cuerda de presos donde los hermanos eran conducidos ensogados como marranos por los hombres del rey. Mi fiel Armand, sin dudarlo y anticipándose a la orden que ya adivinaba en mis labios, picó espuelas y cargó contra ellos blandiendo patéticamente una maza que, por su peso, a duras penas lograba mantener erguida, mientras yo permanecía al resguardo de la arboleda, incapaz de determinar qué debía hacerse en aquellos momentos. Entre carcajadas, los hombres del rey lo masacraron ante mis ojos, mucho antes de que pudiera convertirse siquiera en una amenaza para ellos.

La voz del caballero se quebró, obligándolo a detener el relato. Beltrán no quiso esperar a que se recuperase:

—Os arrepentís de no haber muerto junto a él, ¿no es así?

—Era mi deber.

—Vuestra soberbia no conoce medida. ¿Pretendéis acaso enmendar los planes del Señor? ¿Creéis que sus designios hubiesen quedado satisfechos encontrando la muerte junto a vuestro imprudente escudero?

—Al menos no me repudiaría por no haberlo hecho.

—¿Leísteis alguna vez la sagrada Regla de nuestra Orden?

El templario hizo un gesto afirmativo con la cabeza sin entender el motivo de la pregunta.

—No soy analfabeto.

—Entonces, nada os costará recordar lo que está escrito en sus guardas.

—«*Memento finis*», piensa en tu muerte.

—¡No! —rebatió vehemente el capellán—. Piensa en tu final…, en tu destino, en la misión que aún está por concluir. Los planes del Señor no están hechos para ojos humanos, ni para sus cortas entendederas… Reflexionad. Si os hubieseis comportado con la contumacia de un buey cargado de razones, nunca hubierais llegado a esta dehesa.

—Tampoco aquí he recuperado la dignidad. Ninguna alimaña del desierto reniega de su casta como hice yo esta mañana ante una piara de pastueños como testigos. ¡No soy templario!, grité y antes debiera haberme hecho cortar la lengua.

—¿En verdad creéis serlo? ¿Dónde está pues vuestra encomienda? Yo os lo diré: en el corazón. ¿Quién es vuestro maestre? Vos mismo. No hay pecado en negar lo que no existe y aunque lo hubiera, sería disculpable en aras de la trascendencia de vuestra misión.

Antes de que pudiera contestar, el nervudo religioso levantaba ya la palma de la mano derecha mientras con la contraria obligaba a Roger a postrarse rodilla en tierra:

—*Ego te absolvo in nomine pater et…*

De esa manera tan brusca, Beltrán dio por terminada la confesión. Había conocido de Roger hasta donde hacía falta: aquel hombre no era más que un rudo milites[12], de piel curtida por el desierto, mente corta y ciega fe, incapaz de ver más allá de la punta de su espada. Transportaba un

12. Soldado de infantería. El término latino tiene su origen en el ejército romano.

tesoro como quien lleva a forrajear a una recua y su última preocupación era no haber caído estúpidamente en una refriega contra la chusma soldadesca del rey francés y, quizá por ese motivo, había conseguido llevar a cabo su misión con éxito hasta ese día.

—«Haced, Señor, brillar así vuestro poder; que de nuestra cuenta queda celebrar y aplaudir vuestras maravillas». —Había musitado el versículo del salmo de David moviendo la cabeza en incrédulo balanceo—. Cuán extraños son tus designios —continuó entre dientes—. ¿Qué te ha llevado a elegir a hombre tan menguado para tan elevado cometido?

Pasó el brazo sobre el hombro del caballero en un íntimo gesto de ánimo.

—Venid conmigo, Roger; hay muchas cosas que aún deben disponerse.

Capítulo 5

—... Podéis ir en paz.

El sacerdote se inclinó ante el sagrario y abandonó el altar camino de la sacristía, a la vez que un murmullo generalizado recorría los bancos de la iglesia. Don Andrés, Marta y Kiko permanecieron sentados mientras el resto de los feligreses abandonaba la nave.

La muchacha, con el orgullo propio de quien muestra su posesión más preciada, señalaba la imagen de la Virgen en la hornacina central del retablo de cuatro pisos y tres calles que, tras el altar, se elevaba sobre un podio de mármol hasta el arranque de la cúpula del ábside.

—Es una talla muy hermosa, sin duda. El edificio debe de ser del siglo XVI, en sus postrimerías... —apreció don Andrés desde su asiento.

—Por ahí, más o menos —respondió Kiko encogiéndose de hombros—. Eso quien lo sabe mejor es el párroco.

—No estaría de más hablar con don..., don...

—Don Agustín —terminó Marta la frase.

—Pues eso, con don Agustín. Es posible que en el libro de fábrica de la iglesia se encuentren todos los datos necesarios, incluido el de la compra o donación de la talla.

Aprovecharon el momento en que se quedaron solos para aproximarse al retablo. Don Andrés sacó sus lentes de la funda, aunque la altura a la que se encontraba la talla hacía difícil una inspección precisa.

—La imagen, ni se compró, ni fue regalo de nadie —Kiko trataba de demostrar que estaba al tanto de todo lo concerniente a la imagen de su cofradía.

—Entonces, ¿cómo llegó hasta aquí?, no sería por los aires —la irónica réplica del profesor reverberó contra las altas paredes de piedra.

—Pues casi —Marta y Kiko se dirigieron una mirada de complicidad mientras trataban de que la risa no aflorase a sus rostros. Aquel hombre parecía bobo. Al fin, fue Kiko quien prosiguió:

—Hace muchos años, a un vecino que se dirigía a pastorear su rebaño, lo sorprendió una tormenta infernal. Las nubes cubrían el cielo hasta tal punto que parecía de noche. Rayos y centellas caían a su alrededor, como si de gotas de agua se tratase, mientras los truenos resonaban en el valle como los cañonazos de una batalla fantasmal…

El profesor sonreía. Era evidente que el muchacho estaba repitiendo la historia en el mismo tono desproporcionado y con idénticas palabras altisonantes con que habría oído referirla en numerosas ocasiones, por ello dejó que terminara su explicación sin tratar de interrumpir el relato.

—Una chispa bajó directa hacia su cabeza, pero, inexplicablemente y sin hacerle el menor daño, dio dos vueltas en torno a su cuerpo, cambió de rumbo y se cebó en una encina de la vera del camino con tal violencia que la partió en dos, dejando sus restos calcinados y humeantes y un olor a azufre que lo envolvía todo.

»Remigio, que así se llamaba el paisano, cayó de rodillas en medio del lodo mientras, lleno de temor, rezaba: «Ay,

Señora; muerto soy. No me abandonéis en esta tesitura». Entonces, en medio del fragor de la tormenta, se oyó una dulcísima voz de mujer que decía: «No temas; yo cuidaré de ti». El campesino buscó con desesperación el lugar de donde procedía la voz y se quedó con la boca abierta al ver entre los humeantes rescoldos del árbol calcinado la imagen de Nuestra Señora, milagrosamente intacta.

Durante unos instantes, el silencio acompañó a las palabras de Kiko, después fue Marta quien abundó en la información, aportando pruebas de lo que estaba relatando su amigo:

—Detrás del altar de la ermita existe una trampilla. Si la levanta podrá ver en el sotanillo el tronco de la encina tal y como quedó aquel día.

—¿La ermita? —el profesor hablaba con los muchachos sin cesar en la observación de la imagen—. Es de suponer que la misteriosa voz le pediría a… ¿Remigio? que levantase un altar allí mismo. Por lo general es el paso siguiente. Esa historia, aunque con distintos matices, la he oído repetir decenas de veces por distintos puntos de la geografía peninsular.

—No; no pidió nada —rebatió Kiko—, trajeron a la imagen hasta la iglesia y la depositaron en una capilla lateral, pero se conoce que allí no se encontraba a gusto y, por las noches, desaparecía para retornar a su querida encina chamuscada. Y así, un día tras otro. Los vecinos la traían a la iglesia y, al día siguiente, ella regresaba tozudamente a su lugar, hasta que las gentes del pueblo terminaron por convencerse y formar la cofradía que levantó la ermita en los terrenos donde se había aparecido.

Kiko, en actitud beatífica, quedó esperando el parecer de don Andrés, que al rato salió de la abstracción en que lo mantenía el estudio de la imagen.

—Así que…, verdaderamente se trata de un auténtico y certificado milagro, porque supongo que vosotros creéis a pies juntillas que aquello no pudo ser otra cosa.

Los muchachos se miraron entre sí extrañados de las dudas del profesor, pero no fueron ellos quienes respondieron. Antes de que pudieran hacerlo, una voz se dejó oír a sus espaldas obligándolos a volverse:

—¿Usted no?

El sacerdote había entrado de nuevo en la nave con pasos tan leves que no los habían percibido los visitantes. Ahora se encontraba plantado ante ellos, con las manos unidas sobre su generoso abdomen, en postura de cómico desafío.

—Don Agustín —medió Kiko dirigiéndose al recién llegado—, don Andrés es el profesor que ha venido a investigar el yacimiento de la Atalayuela.

—Algo de eso he oído. —El párroco tendió la mano al catedrático que la estrechó con complacencia—. Quizá usted desestima los milagros por el mismo motivo por el que yo creo en ellos: por oficio, ¿no es cierto?

—Me temo que en ese asunto no me queda otro remedio que tomar partido junto a santo Tomás.

—Ah, eso no me preocupa. Aun hurgando en la llaga, el apóstol también terminó por creer. Le veo muy interesado en la imagen de Nuestra Señora.

—Es una pieza rarísima que se encuentra en un estado de conservación excelente —diagnosticó el catedrático.

—Fue restaurada hacia los años setenta, después de que los mozos la dañasen accidentalmente en una de las romerías... Ya sabe, no se le puede pedir a la juventud que deje la fogosidad en casa; desde entonces se viene utilizando la copia en piedra que se venera en la ermita. La devoción es la misma y no se corren riesgos innecesarios.

—Lo importante es preservar el original.

Don Agustín se llevó la mano a la sotabarba tardando unos instantes en responder; cuando lo hizo, el tono de su voz había cambiado.

—Siempre lo es. Está usted en lo cierto —luego, como tratando de desviar la conversación hacia otros derroteros, añadió—: Aprecie con detenimiento el retablo. Último tercio del siglo XVI; pleno barroco rural de unos autores nada mediocres: Rafael de León y su yerno Luis de Villoldo, aunque no puedan ser considerados famosos, al menos de la manera que entendemos la fama en la actualidad.

—¿Pino de Cuenca?

—Así es.

—Sin duda, el marco adecuado que merece la imagen, aunque entre tanta belleza haya una nota disonante.

—¿Qué quiere decir?

—Algo no encaja demasiado y me extraña —don Andrés indicaba, sin dejar lugar a dudas, hacia la talla de la Virgen.

—Sigo sin comprender.

—Con todo respeto, don Agustín, se contrasta sin dificultad que la corona que adorna la imagen es un postizo posterior sin nada en común con el románico de la talla.

El rostro del catedrático trataba de ocultar, con poca fortuna, una sonrisa sarcástica que, sin embargo, no consiguió desarmar al sacerdote. Cuando este contestó, lo hizo con una pregunta inesperada:

—¿Le aguarda alguien a comer?

—Eh…, no. Quisiera ver a Paulino y a su gente antes de que diesen por terminado el trabajo de campo, pero…

—A mi hermana la encantará la idea de que lo haga con nosotros.

—Bueno, con sumo gusto, siempre que ello no les suponga demasiada molestia.

—Eso no es lo acordado. —Marta no estaba dispuesta a que la incipiente relación amistosa surgida entre ambos adultos, además de mantenerlos al margen de la conversación, diese también en tierra con los planes trazados con anterioridad, por eso prosiguió amoscada:

—El trato era acompañarle a visitar a la Virgen y, a cambio, usted nos hablaría de los monjes soldados.

—De los templarios —matizó Kiko.

—Ya ve, don Agustín, que cuento con compromisos previos. Habrá que aplazar su ofrecimiento hasta mejor ocasión.

—Ah, no; no trate de rehusar. Kiko y Marta son clientes habituales de Manolita. Por otro lado, el tema de las órdenes religiosas me interesa mucho, aunque solo sea, digamos, que por corporativismo.

El párroco palmeó con cariño las mejillas de los muchachos.

—Id a casa y dejad aviso de que comeréis con nosotros; en tanto, me temo que mantendré secuestrado al profesor.

Cuando, entre protestas, los chicos abandonaron la iglesia, don Agustín se dirigió de nuevo a su interlocutor:

—Con respecto a la corona, no hubo forma de evitar su donación; fue el resultado de un voto hecho por doña Julita, la esposa de nuestro alcalde. De resultas de una penosa enfermedad, su querida madre, que vivía en la capital, quedó convaleciente en cama con pocas esperanzas de recuperación; ella se la trajo a casa, prometiéndose a sí misma que, cuando recobrase la salud, donaría a la Virgen todas las joyas de su mamá… Usted dirá que sin duda fue el clima de la comarca o la buena alimentación, unido todo ello al cariño de su hija lo que propició la recuperación de la dama, pero permítame que, además, yo vea en esa mejoría la mano de Nuestra Señora.

—Es evidente que no pudo evitar interesarse ante oferta tan tentadora. Don Agustín, estas historias, me refiero a la de la aparición de la imagen y a esta otra de doña Julita, poseen algo así como un tufillo rancio. Tengo la sensación de haberlas estado oyendo toda la vida.

—¿Por qué no? Independientes de la época, las necesidades humanas son las mismas. Doña Julita mandó fundir con el tesorillo de su madre la joya que a usted tanto disgusta y en solemne misa mayor fue coronada la imagen.

—Debió de ser un momento muy especial, lamento haberme perdido la ceremonia.

De la voz del catedrático había desaparecido todo atisbo de la socarronería que mostrara anteriormente; en su lugar había aparecido un tono severo que pesaba en el ambiente.

—Al menos, el artista que la cinceló podía haberse tomado la molestia de documentar su inspiración en aderezos de la época, para no crear esa especie de parche modernista e inadecuado.

—¿Está seguro de que es la parte estética del asunto lo que le desagrada? —El sacerdote había dejado la pregunta en el aire sin darle aparente importancia, mientras rebuscaba en el fondo de sus bolsillos—. Aprecio una punta de irritación en sus palabras —añadió sin esperar la respuesta.

—Le ruego que me disculpe; hay ciertos aspectos en que puedo no estar de acuerdo, pero tampoco soy la persona más indicada para opinar sobre ellos.

—Le prometo que no le oiré en confesión —aseguró don Agustín con ironía—, pero le agradecería que se sincerase; eso nos hará bien a los dos.

—Usted lo quiere. Mire, no entiendo cómo se puede invertir suma tan considerable de dinero en algo que no deja de ser más que un adorno. Esa costumbre es propia de otros tiempos. En la actualidad, se puede encontrar mejor fin a ese capital, socialmente hablando, quiero decir.

—¡Acabáramos; era eso lo que le bullía en el magín! Pues lamento serle de poca ayuda. No veo la manera de evitar que un feligrés cumpla una promesa íntima y privada hecha a la Virgen. Usted verá, creo que eso podría llegar a ser, cuando menos, indecoroso.

—Ya le advertí que difiero de su manera de apreciar las cosas; y no me queda otro remedio: a lo largo de mi vida he visto demasiadas iglesias expoliadas por ladrones o especuladores de arte religioso, como para no temblar pensando en el valor material, sin dejar de lado el artístico y cultural, de lo que se encuentra expuesto tras el altar.

—¡Hela aquí! —exclamó el cura con expresión satisfecha mostrando una estampilla coloreada con las esquinas roídas por el tiempo—: la primera foto que se hizo de la imagen.

El profesor tomó la cartulina intentando adivinar la fecha en el sello del fotógrafo que, en desvaída tinta azul, se dibujaba en el dorso, sin conseguirlo.

—¿De cuándo data la tradición?

—Es joven. Los hechos se registraron a finales del siglo XVIII.

—¡Hechos! ¿Sinceramente cree que sucedieron tal y como los ha relatado Kiko? —preguntó don Andrés mientras devolvía el retrato.

—¿Eso es importante? Las leyendas no se pueden aventar para separar el grano de la paja. Así se ha contado siempre, de padres a hijos…

—Y no sería impensable que cada narrador hubiera aportado al relato algún pequeño retoque, un artificio retórico de cosecha propia, para su adorno, aunque fuera a costa de desvirtuar los sucesos reales.

—Es de suponer. ¿Puede alguien evitar que un músico se recree en su interpretación? No hay nada malo en ello. —El párroco besó la estampa antes de devolverla de nuevo al bolsillo; luego permaneció mirando fijamente a don Andrés—. Así es que lo que le preocupa a usted es el valor material de lo que se ve tras el altar.

—Con sinceridad, no creo que el lugar reúna las medidas de seguridad que precisa semejante obra de arte.

—Le aseguro —dijo despreocupadamente don Agustín mientras se acariciaba la tonsura—, que cualquier amigo de lo ajeno interesado en la corona se llevaría un buen chasco.

—Me preocupa la imagen, no la corona.

—En ese caso, la frustración del supuesto ladronzuelo sería doble.

Con un gesto de su mano, don Agustín suspendió la inevitable pregunta del profesor. El reloj instalado sobre la puerta de la sacristía dejó oír su sonería metálica.

—Dentro de una hora le espero en casa. Le tendré preparado el libro de fábrica de la iglesia y otros documentos entre los que es posible que encuentre datos interesantes y, quién sabe, puede que hasta insospechados. Esa es su vocación, no la mía.

VI
San Juan de Acre

—Apresuraos, Mateo, o acabará por alcanzarnos el agua.

Guy de Saint-Euvert descargó la reducida talega que portaba a la espalda para tomarse un respiro, mientras observaba el cielo agobiado de nubes de un color negro intimidatorio. Por fortuna, se aproximaban al recinto de la iglesia y el agujero en la cerca que servía de entrada se encontraba a la vista.

—Hoy pondremos un poco de alegría en las barrigas de los hermanos.

El templario observó la sonrisa bobalicona con que el compañero respondía a sus palabras y cayó en la cuenta de que no había escuchado una sola de ellas. Mateo era sordomudo.

—Chut! Silence tout le monde! Tiens…! Écoutez chanter les oiseaux…

Guy ironizó a voz en grito y se sintió complacido de poder hacerlo en su propia lengua. En tantas ocasiones había visto a la Muerte cara a cara, que encontraba gratificante cosas tan aparentemente nimias como el sonido ronco de su voz resonando entre los árboles. Ahora se encontraba fortalecido, saliendo poco a poco del oscuro pozo de la enfermedad y solo al atardecer la sentía medrar de nuevo en sus entrañas para bañarle la frente en sudor febril.

Bajo el dintel, en la misma postura de precario equilibrio que mantenía en sus largas horas de meditación, aguardaba micer Beltrán.

—Dos días ha que no os alejáis de esa puerta y eso me preocupa… ¿Esperáis visita o, tal vez, debemos temer lo que pueda llegar por el camino…? —dijo al llegar a su altura.

El capellán hizo una seña imprecisa hacia el exterior y enarcó las cejas en un gesto que parecía decir «nunca se sabe», mientras desentumecía sus piernas doloridas por el frío.

—Lo bueno o malo que haya de suceder vendrá por esa senda; yo observo y aguardo.

Guy se sentó sobre el capacho después de sacar un puñado del contenido y mostrarlo a su interlocutor, que no hizo el menor aprecio ante el ofrecimiento:

—Bellotas. ¿Cómo las comeremos hoy? ¿Crudas, secas, cocidas, asadas…?

—Hacéis mal, hermano Beltrán; la comida nos la envía el Señor y no es de buen cristiano despreciarla por humilde, y con más razón si, al igual que nosotros, a su reclamo acuden otros comensales —ironizó—. Quizá esto espante las penas de vuestro corazón.

El caballero hizo una indicación al acompañante para que mostrase el contenido del saco que traía.

—Jabalí —dijo Beltrán sin especial emoción.

—Una hembra y dos rayones que la acompañaban. Unos lazos emplazados con arte mientras el hermano silencioso vigilaba la proximidad de los hombres del castillo valieron para hacernos con ellos… ¡Ah, las bellotas! Llévalos dentro, Mateo —indicó con un gesto a su acompañante.

—Entonces hay que apresurarse; el tiempo apremia. La situación empeorará con cada nuevo amanecer…

—¿Qué os ocurre, capellán? —Guy se sentía molesto ante la actitud del monje—. Os llenamos la despensa de carne fresca y aún parecéis azogado.

Micer Beltrán se revolvió inquieto aunque su voz sonó en calma:

—El jabalí baja al llano huyendo de las nieves de la sierra y tras su reclamo llegará el lobo. Si ha comenzado a nevar allá arriba, pronto quedarán cerrados los pasos de montaña. Tenéis que partir sin más dilación.

—Podemos esperar a la primavera; en Tomar no nos aguarda nadie.

—Que no os engañe la buena caza que habéis logrado hoy, la dehesa de Melque no puede mantener dos bocas más en invierno; antes de que finalice habremos dado fin a nuestras reservas y aún andaremos mendigando sobras en la cocina del castillo. Vuestra permanencia aquí nos traería problemas. En la vigilia de la noche pasada, me he visto obligado a intervenir ante el hermano Jeremías y el hermano Cuellosoga que andaban sacando filo a las cuchillas con la intención de convertir en cecina a vuestra caballería.

—¡Bastardos! ¡Si ponen una mano sobre Baibars me haré un zurrón con su piel!

—La hambruna derriba cualquier cerca y ellos ya la padecieron otros inviernos aislados entre estas paredes en medio de la nada. ¿Se les puede reprochar que quieran sacar el vientre de mal año? Sin embargo, no puedo dejar que le hagan daño al caballo; lo necesito… ¡y vivo!

—No creo que el hermano Roger esté dispuesto a cedéroslo; tampoco entiendo vuestro interés.

—Me preguntasteis antes qué era lo que esperaba ante la puerta, pues bien, os lo diré: un milagro; eso es lo que ha de venir…

—¿Un milagro, micer Beltrán? —Roger de Vichiers llegaba desde el interior de la nave. Le precedía el olor acre de la carne chamuscada, señal inequívoca de que dentro habían dado comienzo las labores de preparación de los puercos—. ¿Tan soberbio sois que pretendéis probar al Señor pidiéndole que intervenga en vuestros planes con un prodigio?

—Ah, no; no es precisa la intervención divina. Transformar vuestra envidiable caballería en una acémila decrépita es algo que puedo hacer por mí mismo.

Reía cuando volvió la vista hacia el camino que se difuminaba entre la cortina de lluvia. Los manantiales del cielo se habían abierto y no veía más allá de la cerca.

—Hoy no vendrá, es posible que mañana… Acompañadme —indicó a los caballeros mientras atrancaba la puerta—, y os referiré brevemente en qué consistirá el milagro de la transformación de los animales.

El fuego crepitaba por mor de la leña húmeda y las bellotas que Mateo, de tanto en tanto, aproximaba a las brasas. Micer Centurio hizo sentar a sus acompañantes en torno a la lumbre; tomó uno de los frutos de entre las cenizas, lo abrió con su pequeño cuchillo y mientras trataba de comerlo sin quemarse la lengua, comenzó su explicación:

—Vuestro hermoso corcel no puede acompañaros en el viaje… —Roger elevó la mirada con sorpresa, pero, ante una indicación del capellán, esperó en silencio a que continuase—: con él os reconocerían por los caminos tanto como si anduvieseis con el gonfalón de la Orden desplegado y, aunque en tierras de Castilla no se os considere propiamente como reos, cualquiera desearía hacerse con él, o dar cuenta a los francos que os persiguen…

—No podremos transportar la carga sin una bestia… —alegó Guy sin demasiado convencimiento. El micer pareció no escucharlo.

—… Por otra parte, preciso del animal para devolver a la iglesia de Santa María de Melque el esplendor que antaño tuvo.

—No alcanzo a ver cómo puede ayudar Baibars en esa empresa… —intervino Roger.

El capellán sonrió mientras balanceaba la cabeza con una leve cadencia de asentimiento:

—Hermano, los caminos del Señor rara vez son rectos; suben, giran, se ciñen como culebras en torno a las montañas, no para concluir, sino para dar comienzo a otros. Es el Ouroboros, el dragón que se muerde la cola, el círculo místico que no se puede deshacer… Estoy seguro de que Él los unió para haceros llegar hasta aquí.

Guy arrojó la piedrecilla con que jugaba al centro de las llamas, lo que provocó que una nube de chispas revoloteasе en torno a ellos durante unos instantes.

—Este hombre colma mi paciencia —le espetó al hermano Roger mientras indicaba con un gesto de su mentón hacia el capellán—. ¡Dejaos de dragones y circunloquios mágicos y decidnos de una vez qué esperáis de nosotros!

—Escuchad con atención. Hasta hace año y medio, Everardo, a quien esperamos, era una persona acomodada y feliz. No lejos de aquí, poseía tierras con las que bienvivía junto a su esposa, los dos hijos que esta le había dado y un puñado de sirvientes, pero un mal día la enfermedad se instaló en su casa y terminó por arrebatarle a la prenda de su amor. Y si la muerte se llevó a la mujer, los médicos, atendiendo al honor de su oficio, hicieron lo propio con la hacienda familiar. De resultas de aquello, al hombre le quedaron dos bocas que alimentar, una choza de caña y adobe y una más que vieja mula para la que no encontró comprador con la que trabaja los campos ajenos. Ya os advertí que Melque no necesita de soldados ni de místicos, únicamente requiere brazos que labren la tierra y nos muestren a los demás la manera recta de hacerlo.

Roger comprendió el empeño del micer:

—Y le ofrecisteis unirse al rebaño.

—Con humildad lo declina siempre; alega que si a duras penas puede mantener a sus chiquillos, difícilmente podría hacerlo con una comunidad. Pero él está equivocado y yo lo necesito aquí.

—¿Y pensáis que Baibars os ayudará a convencerlo? —intervino incrédulo Guy.

—El caballo es el medio. La intercesión divina hará lo demás.

—¡Sangre de hombre! ¿Pretendéis obligar al Señor a que os sirva?

—No, hermano Guy; Él, Nuestra Señora, o ambos en comandita, ya cumplieron su parte reuniéndonos aquí.

—Dejad que se explique —Roger detuvo con un ademán al caballero que trataba de rebatir nuevamente al capellán.

—Ese hombre, Everardo, sube de tanto en tanto para orar ante el altar… o lo que queda de él. Da gracias al Creador por mantenerlo vivo mientras crecen sus hijos e, invariablemente, hace el mismo ruego a la Señora: «Madre, mirad por Gumersinda, mi esposa, a la que vuestro Hijo tanta prisa tuvo por llevar a su lado y poned vuestra mano sobre la mula para que pueda aguantar algo más. No sé qué será de mis hijos el día que doble el animal».

Roger, adivinando las intenciones del capellán, se había acercado hasta el carro que descansaba en el hueco de una de las capillas laterales de la nave y levantaba la loneta trasera dejando ver un bulto cubierto de arpillera y atado firmemente a un costado. Beltrán se puso en pie y seguido del otro caballero, fue tras él.

—El proceder de ese… Everardo, no deja de ser el de un fiel devoto; no hay nada extraño… —iba alegando Guy.

—No, claro es; pero pensad un momento. El próximo día que se acerque hasta aquí, no va a encontrar el altar desnudo, sino que sobre él estará esperando lo que transportáis.

Roger había desembalado el fardo y, arrodillado, musitaba una oración ante la espléndida imagen de madera policromada de la Virgen que quedó al descubierto.

—¿Tratáis de utilizar a Nuestra Señora del Templo en vuestras añagazas? —se indignó Guy.

—Oh, por unos instantes será Nuestra Señora de Melque. Solo existe una Madre de Dios, ¿qué importa entonces qué nombre le otorguemos? Además, os repito, será por poco tiempo. Prosigamos describiendo el momento: el buen hombre llega con el alma abierta a la espiritualidad y se encuentra inesperadamente con la imagen sobre el altar. Duda. No sabe a qué atenerse puesto que está acostumbrado a encontrar el ara vacía y no ve en las cercanías a quién preguntar. Pero ha venido a rogar y lo hace. Al término, y mirando de reojo a la imagen, sale al exterior donde… ¡oh, milagro!, encuentra que en el lugar de la vieja mula, hay un magnífico caballo, tan fuerte y perfecto que únicamente pudo pertenecer al apóstol Santiago... Tras la sorpresa, la incertidumbre anidará en su interior:

»Quizá alguien ha dejado ahí el caballo para que descanse, mientras su mula, suelta y tranquila, anda paciendo por los campos aledaños..., pero no puede ser, porque el caballo está enjaezado con los arreos de su acémila y no hay nadie en las proximidades. Entonces, sin duda, debe de tratarse de un verdadero prodigio.

»¡La Virgen por fin ha escuchado sus súplicas! Entra alocadamente en la iglesia buscando mostrar su agradecimiento a la Señora del altar, pero sobre él parece no haber habido jamás imagen alguna. Arrebatado e incapaz de responderse a sí mismo, caerá de rodillas, sollozará y entonces…

—Será el momento preciso en que apareceréis vos para hacerle ver el interés que muestra la Virgen en que se integre en vuestra comunidad —concluyó Roger.

—¡Eso es una infamia! ¡Mereceríais la hoguera por perjuro! —La indignación del hermano Guy parecía no tener límites—. ¡Simular un milagro es la mayor bajeza que se pueda imaginar…! ¡Es…!

—Teneos, hermano Guy, os va a dar una congestión.

El capellán se había dirigido a él en tono conciliador, pero de forma imprevisible alzó la voz, airado:

—¡Decidme… ¿Dónde está la blasfemia?! ¡¿Dónde la mentira?! ¿Y el pecado? ¿Seréis como aquel ermitaño botarate que nos muestra el cuento? Ese hombre, al igual que vos, amaba a Dios sobre todas las cosas con una fe tan inquebrantable como la vuestra, sin embargo era un perfecto imbécil.

»Un día, recogiendo las raíces con que se alimentaba, resbaló y cayó por la ladera del monte. Rodando, rodando, se aproximaba al precipicio por el que se despeñaría sin remedio, mas él, revestido de su fe ciega de mula con anteojeras y puesto su pensamiento en Dios, no hizo nada por detener su caída. Su cuerpo golpeó contra un risco, más tarde contra las ramas de un arbusto y, finalmente, con las raíces descubiertas de un enebro. Al fin, se despeñó por el barranco con las manos unidas y la conciencia cierta de que el Sumo Hacedor lo iba a depositar sobre una mullida nube de lana púrpura que lo llevaría de nuevo ante su cueva. Debió de morir totalmente defraudado.

—No comprendo…

—Dejó este mundo tan estúpidamente como había vivido, porque no fue capaz de entender que el milagro de Nuestro Señor no estaba en la nube luminosa que soñaba, sino en la roca, el arbusto o las raíces del árbol que Él, infinitamente previsor, había hecho crecer en aquellos lugares para proteger su vida.

«Un buen golpe en la cabeza del micer es lo que se necesita para dejar zanjado este asunto», pensó Guy en esos instantes, pero no era tiempo de armas sino de palabras y a él le faltaban argumentos para rebatir al capellán, por eso, aunque enfurecido, guardó silencio.

—¿No lo haría menos complicado y más del gusto de todos, ofrecer el cambio de animales como muestra de hermandad? —sugirió Roger.

Guy se derrumbó; su hermano, de manera implícita, estaba accediendo al turbio plan.

—Oh, no. De esa forma quedaría obligado con el donante, ya fuerais vos o nos. Yo pretendo que ame el lugar del milagro, que prefiera la iglesia de Melque a cualquier otra. Es la única forma de retenerlo.

Roger cubrió de nuevo la talla.

—Esta imagen, monseñor capellán, ha sido venerada en Jerusalén, como también lo fue en Acre, Jaffa, Ascalón, Chipre y París… Con su nombre en el último aliento han muerto más hermanos de los que pudierais contar jamás. Ella nos ha guiado en la batalla y ha sido el bálsamo reparador de nuestros corazones en la derrota, y ahora pretendéis que forme parte de vuestra superchería…

—No hay tal. Su Voluntad nos ha reunido aquí para que nos ayudemos mutuamente. De otra manera, ¿cuál hubiera sido el motivo de hallarnos ahora juntos? El verdadero sacrilegio estaría en desaprovechar las posibilidades que ofrece este encuentro.

—Micer Beltrán —sonrió Roger—, os aseguro que seríais un pésimo caballero de la Orden del Temple, pero, sin duda, haríais un notable maestre.

Durante unos segundos, solo se oyó el crepitar de la lumbre a sus espaldas, mezclado entre las risas infantiles de los eremitas que preparaban la carne de los animales. Beltrán Centurio se aproximó a la talla y apartó el velo de lienzo. Sus dedos muertos se deslizaron con veneración sobre los pliegues de la madera coloreada; el contacto le producía hormigueo y un tenue calorcillo que, subiendo por el brazo, calentaba su corazón. Tuvo la sensación de que su yerta mano cobraba vida en aquellos momentos.

Por un instante, la mirada de la imagen se cruzó con la suya; el fuego situado en medio de la nave arrancaba destellos melosos en las pupilas de la virgen en competencia con los reflejos áureos de su corona.

—Es tan hermosa... ¿Decís que estuvo en San Juan de Acre, en la Casa Madre?

—Así es. Acompañó al tesorero de la orden a Sidón cuando se supo todo perdido. Es una imagen peregrina como nos.

El caballero apartó la mano del micer sin demasiados miramientos y cubrió la talla de nuevo.

—Permitid que la oculte. Es inexcusable protegerla —alegó.

Beltrán inició el retorno hacia el calor de la hoguera, pero a mitad de camino volvió el torso:

—Hermanos... ¿por qué cayó Acre?

Roger y Guy se miraron sorprendidos por la pregunta, al final respondió este último:

—Por voluntad de Dios. Un castigo por nuestros pecados...

—Oh, dejad de justificar la estulticia humana con la justicia divina. Si ocurrió, sería porque se administró estúpidamente el reino que el Señor había depositado en manos de algunos hombres ineptos.

—Allí dejaron su vida demasiadas personas que merecen una opinión más respetuosa que la vuestra.

—Referídmelo.

—No creo que sea...

—Os lo agradecería. Solo he oído relaciones inconcretas y nunca de personas que estuvieran allí en aquellos días aciagos. Sentémonos al amor del fuego, os lo ruego. Está anocheciendo y hasta mañana nada hay que pueda hacerse...

En esos momentos, un guijarro rasgó el aire y golpeó al micer tras la oreja. Se llevó la mano a la zona dolorida y la retiró con los dedos manchados de sangre. Buscó al culpable entre las sombras hasta descubrir a Mateo que, encaramado en una ventana, hacía señas para que se aproximase urgentemente.

—¡Santo Dios, solo a mí se me ocurre fiar a un mudo la vigilancia!

Jeremías y Cuellosoga entendieron el ademán que les hizo el micer y salieron al exterior, llevando en la mano las cuchillas de matarife que estaban utilizando.

—¿Qué ocurre? —preguntó Guy.

—Aún nada, aguardaremos a que regresen los hermanos. Venid, acercaos; comprendo el malestar que os producirá rememorar ahora aquellos días de dolor, aunque también espero que en ello hallaréis consuelo. Nunca conoceré Acre, pero vuestra remembranza lo hará posible —suspiró—... Sin pena, hubiera dado la mano sana por estar en la ciudad en sus momentos finales...

Roger trataba de encontrar una excusa que le evitase acceder a los deseos de su anfitrión, aunque, inexplicablemente, se sorprendió tratando de componer en su memoria los ingredientes de aquel relato.

Sin advertirlo nadie, los ojos de Guy se habían ido colmando de luces febriles. Fueron conscientes de ello cuando comenzó a hablar de manera algo desaforada:

—Acre.... ¡Necio el Concejo y necios los habitantes que se regocijaban en la paz de los mercaderes, dejando abandonadas las defensas!

»Los gobernantes confiaban en la tregua de diez años, diez meses y diez días firmada con Qalawun tras la caída de Trípoli, y a los templarios se nos consideraba dedicados a transacciones comerciales antes que como caballería de Cristo... ¡Craso error, hermano Beltrán!

»Nuestro maestre, Guillermo de Beajou, no había olvidado sus obligaciones militares ni desestimó nunca al enemigo y esas mismas relaciones con los árabes, cordiales en exceso, según los ignorantes que nos acusaban de connivencia, permitieron que el emir Badr ad-Din Bektash al-Fakhri, espía comprado por nuestra Orden, al igual que hizo antes de la caída de Trípoli, advirtiese al maestre de que el gran movimiento de tropas que se estaba observando en territorio musulmán no estaba destinado a castigar a los reyezuelos sudaneses que se retrasaban en el pago de tributos, como se había hecho correr la voz, sino a arrojar a los frany[13] de San Juan de Acre al mar. ¡A esos mismos franys estúpidos y sordos ante las advertencias de nuestro maestre!

—Sosegaos, hermano Guy; vuestra ira no hará que cambien unos hechos acaecidos hace ya tantos años… —Micer Beltrán Centurio trataba de calmar la exaltación del caballero. Poco más de una semana había transcurrido desde que llegaran los viajeros y, con el reposo, la salud de Guy había iniciado una mejoría esperanzadora que todos celebraban, sin embargo se mantenía lo suficientemente débil como para que la enfermedad se apoderase de él a la menor ocasión.

—El rey Enrique envió a Juan de Grailly a occidente para reclamar la ayuda que se necesitaba en ultramar…, pero, para entonces, el espíritu de las cruzadas agonizaba y los occidentales, inmersos en sus propias luchas, no prestaron la atención que requería Tierra Santa.

Guy tomó aliento. Con la espalda apoyada contra la pared buscaba fuerzas para continuar.

13. Nombre con que se conocía a los cruzados que tomaron Jerusalén en 1099 por ser en su mayoría de origen franco.

—El papa Nicolás recibió al de Grailly con agrado e hizo todo cuanto estuvo en su mano, que no fue más que enviar cartas a príncipes y señores y ordenar al clero que predicase la Guerra Santa.

»El anuncio de la Cruzada tuvo escasa acogida; el llamamiento únicamente encontró eco en tierras de la Lombardía y de la Toscana y no en el seno de caballeros o señores, sino en el de campesinos desarraigados y algún otro prójimo sin ocupación, deseoso de alcanzar rápido mérito de armas añadido a la promesa del fácil botín sarraceno y la certidumbre de conseguir la salvación eterna destripando enemigos de la Fe.

»A la salida de la flota hacia Oriente, se sumaron cinco galeras aragonesas enviadas por el rey Jaime, juntas arribaron a Acre abarrotadas de soldadesca ansiosa por enfrentarse a los infieles y lograr pronta rapiña, y se encontraron con una ciudad, a la que la tranquilidad de la tregua con Qalawun había devuelto a la normalidad de su vida comercial.

»Desde que desembarcaron no hicieron otra cosa que crear problemas a las autoridades que se vieron impotentes para detener los desmanes de la chusma desocupada, borracha y mal pagada que se distribuyó por los barrios de la ciudad…

Exhausto, Guy se deslizó blandamente por la pared hasta quedar sentado en el suelo; tenía el ritmo del corazón alterado y la respiración, descompasada, semejaba la de un pescado fuera del agua. Roger lo cubrió con una manta tras hacerle beber un sorbo del cocimiento de hierbas que pendía sobre la lumbre.

Con la información recibida, micer Beltrán trataba de imaginar los momentos previos a la caída de Acre y aunque en su pecho se amontonaban decenas de preguntas pugnando por salir, su impaciencia no fue capaz de vencer la preocupación que sentía por la salud del hermano. Fue Roger quien, ante la imposibilidad de que este continuase, retomó el hilo de la narración:

—Un día, hacia finales de agosto, ocurrió el hecho que precipitó la tragedia: un hombre pidió ayuda a sus amigos para vengar la afrenta hecha por un musulmán que había seducido a su esposa cristiana... Otros contaron que el suceso había sido al contrario. La verdad nunca se supo a ciencia cierta, ni tampoco tiene importancia dilucidarlo ahora, pero, con aquella excusa, los venidos de occidente comenzaron a atacar a cuantos árabes se cruzaban en su camino sin considerar edad, sexo o condición.

»La masacre se generalizó hasta el punto de que, incapaces de distinguir por sus vestiduras entre cristianos y musulmanes, agredían a todo aquel que llevase barba.

»Las Órdenes Militares poco pudimos hacer, aparte de proteger a los árabes dentro de nuestras encomiendas y detener a los cabecillas..., pero al sultán ya le habían dado el motivo que andaba buscando.

»Al poco, se presentaron en la corte de El Cairo un grupo de árabes que arrojaron ante sus pies las prendas ensangrentadas de sus familiares asesinados, clamando justicia entre sollozos. Qalawun les prometió que no cejaría hasta expulsar a todos los franys del suelo sirio.

»El Concejo de Acre se apresuró a enviarle excusas por los hechos y ofrecerle todo tipo de reparaciones, pero, desde El Cairo, se exigía la entrega sin condiciones de los culpables.

»Guillermo de Beaujeu, nuestro maestre, trató de convencerles para que entregasen en su lugar a un grupo de prisioneros condenados a muerte, pero al Consejo le horrorizaba la idea de dejar en manos infieles la suerte de cualquier cristiano. El maestre fue abucheado y nuestra Orden increpada de traición…

—Quizá se hubiese resuelto… —Guy tenía la mirada fija en algún lugar indeterminado del techo; se había abandonado a sus recuerdos y estos, sin freno, fluían un tanto desordenados—. Todo se hubiera resuelto —insistió—, si alguno de los dos grupos de *hashishin* que llegaron hasta la ciudad, hubiese tenido éxito.

—¿Asesinos?

Guy prosiguió sin atender la incredulidad de micer Beltrán:

—Vinieron, al menos, dos parejas con la intención de introducirse en las mazmorras y pasar a cuchillo a los cabecillas detenidos. No habréis de pensar ni por un momento que los movían razones religiosas, ni siquiera la venganza anidaba en su corazón, el motivo era mucho más profano: política.

»Para entonces, el poder que antaño tuviese la secta de los *hashishin* había desaparecido casi en su totalidad. Su misión, ahora, era de supervivencia. Las mentes de los chiítas fatimíes, más preclaras que las de los ociosos franys, percibían el desastre que estaba por llegar y no deseaban que la única fuerza que se podía oponer al dominio total del islam oficial, desapareciese de Oriente.

»En la práctica, la solución era viable: cristianos que dan muerte a musulmanes y que, a su vez, son ajusticiados por estos; Qalawun se quedaría sin excusa y la tregua no podría ser violada. Ignoro lo que le sucedió al primer grupo, el segundo fue descubierto en la explanada de la mezquita tratando de comprar voluntades. A uno de sus miembros la turba le dio muerte allí mismo. Ayudado de mis hombres pude rescatar al que quedaba y ponerlo bajo la protección de la encomienda. Desde entonces, fue el servidor más fiel que nunca tuve.

Un rictus de dolor segó el relato de los labios de Guy. Micer Centurio era consciente del esfuerzo, tanto físico como anímico, que estaba realizando y, una vez más trató de disculparse:

—Si los recuerdos os alteran de tal forma, haréis que me arrepienta de haberos suplicado esta relación.

—No debéis excusaros, monseñor capellán, no sois el culpable. —Esperó un momento para recuperar ánimos—. La fiebre transforma los recuerdos en ensoñaciones vívidas y, cada noche, percibo con claridad los lamentos agónicos de los moribundos y los gritos de mujeres y niños entre el retumbar de las rocas que las máquinas de guerra lanzaban continuamente contra la muralla, y los tambores musulmanes enardeciendo a las hordas de mamelucos.

—He de avergonzarme ante vosotros; mi transcurrir como capellán fue plácido; no recuerdo haber participado en más de dos o tres escaramuzas en territorios fronterizos… Vos, por el contrario, fuisteis testigo del principio del fin de la Orden.

—En eso andáis errado —Roger avivó el fuego con nuevas ramas—. Se gestó mucho antes; para cuando llegó el final de Acre ya se habían perdido en manos mongolas y turcas las rutas comerciales de la seda, las especias y los ricos tejidos... Quedaban únicamente los puertos mercantiles y en ellos, repartidos entre pisanos, genoveses y venecianos, se concentraban los restos de lo que un día fue el reino franco de Jerusalén...

—¿Y los Santos Lugares?

—Abandonados a su suerte en manos del infiel. En fin —suspiró—, todos confiábamos en que el ataque no se produciría nunca y en nuestro corazón se renovó la esperanza cuando llegó el rumor de que Qalawum había fallecido.

»En efecto, al abandonar El Cairo al frente de su ejército ya se encontraba enfermo. Seis días después, cuando aún no había avanzado más de cinco millas, dejó de existir en Marjat at-Tin, no sin antes hacerle prometer a su hijo al-Ashraf Khalil ante el propio lecho de muerte que no cejaría hasta concluir la empresa iniciada por él.

»El gobernador de Acre aprovechó este breve respiro para enviar una nueva embajada a la capital. El flamante sultán no la quiso recibir; tan pronto llegaron los negociadores ordenó encerrarlos en una profunda mazmorra donde no tardaron en perecer.

Una punzada le hirió en el corazón y obligó al caballero a detenerse unos instantes para tomar fuerzas:

—En la primavera del año siguiente, el ejército musulmán se puso de nuevo en marcha, engrosado por el camino con las viejas máquinas de guerra que se había ordenado reparar y el centenar de nuevas que se construyeron en Damasco.

»En el Krak, antigua posesión de los caballeros Hospitalarios, recogió una catapulta de fenomenales dimensiones que llamaban al-Mansur, La Victoriosa. Portaban, así mismo, una segunda catapulta conocida como La Furiosa y gran cantidad de mandrones ligeros.

»El cinco de abril se instaló en la llanura de Acre; sus efectivos posiblemente sobrepasaran los sesenta mil jinetes y ciento sesenta mil infantes, muchos más que los que la ciudad pudo reunir nunca.

»Se dirigieron a occidente llamamientos angustiosos que obtuvieron escaso eco. Conrado de Feuchtwagen, maestre de la Orden Teutónica, reclamó a sus compañeros de Europa. Conrado de Chipre también envió tropas junto a su hermano Amalarico para que se hiciera cargo de la defensa; nuestra Orden y la del Hospital trajeron de sus encomiendas cuantos efectivos pudieron reunir, pero, de cualquier forma, incluidos los conflictivos italianos y aragoneses llegados con anterioridad, Acre contaba con no más de treinta o cuarenta mil almas y de ellas menos de mil caballeros o escuderos montados, y catorce mil infantes.

»Con tan escasas fuerzas toda la defensa había que confiarla a la doble muralla reforzada con doce torres, incluida la Torre Maldita de tan triste recuerdo.

»El seis de abril, la primera piedra lanzada por las catapultas del sultán golpeó la muralla. Tras ella llegaban las esferas de barro, rellenas de una alquimia que explotaba al chocar contra el muro, y otras cargadas con fuego griego, una mezcla de nafta, aceite y otros combustibles, imposible de apagar.

»Nubes de flechas se lanzaban al azar al interior de la ciudad y hacían gran daño entre quienes osaban desplazarse por las calles. Inmediatamente comenzaron los zapadores enemigos a minar las torres de la muralla; se dice que emplearon más de mil en cada una de ellas. Por nuestra parte, teníamos asegurados los suministros por mar, ya que nuestra flota nos los proporcionaba con regularidad desde Chipre y, aunque escasos de efectivos humanos y armamento, el ingenio trató de superar las dificultades: los pisanos construyeron una catapulta que armaron sobre un batel con el que recorrían la costa a escasa distancia de la orilla, haciendo grandes estragos entre los musulmanes hasta que el oleaje lo hizo zozobrar.

»La noche del quince de abril, una partida templaria reforzada por Otón de Grandson, aprovechando que la luna iluminaba la llanura, hizo una incursión desde la puerta de San Lázaro sobre el ejército de Hama. El vizconde de Bort llevaba encargo del maestre de quemar la balista que los árabes llamaban Al-Ghadban, la Furiosa, que día a día lanzaba contra la zona que defendía el Temple; llegado el momento, quien debía arrojar el fuego sintió miedo y lo lanzó corto, de manera que cayó al suelo iluminando el campo.

»El enemigo, tomado por sorpresa, fue cediendo terreno hasta que la partida cristiana llegó al campamento mameluco, una vez allí, la suerte se reveló adversa. En la oscuridad, las patas de los caballos se enredaron entre las cuerdas de las tiendas de campaña, imposibilitando cualquier maniobra y haciendo caer a los jinetes de sus monturas. Aquella noche perdimos dieciocho hombres de a caballo entre hermanos y caballeros seglares.

»Pocas más tarde, los Hospitalarios que en todo querían imitarnos, y si era posible superarnos, realizaron una nueva incursión, esta vez dirigida contra unos mandrones ligeros llamados «los toros negros», o «carabaos», más dañinos, si cabe, que las máquinas pesadas del sultán.

»La salida tuvo aún peor resultado que la nuestra, porque los sarracenos no estaban dispuestos a dejarse coger otra vez por sorpresa. Incendiaron pilas de ramas que tenían preparadas para la ocasión y con la ayuda de su luz, y la de antorchas y fanales, rechazaron al grupo cristiano infligiéndole un duro castigo. Después de esto, y antes de que los caballeros teutónicos decidiesen iniciar una nueva aventura de incierto final, el concejo y los maestres acordaron prohibir nuevas escaramuzas, lo que causó descontento entre los defensores.

»Si bien la incertidumbre se había adueñado de los corazones de la población, recobraron vigor cuando el día cuatro de mayo vieron llegar por mar al rey Enrique de Chipre acompañado de cuarenta naves con pertrechos y efectivos humanos, no más de dos mil infantes y cien jinetes, para hacerse cargo de la defensa de la ciudad.

»Sin embargo, el rey pronto pudo constatar que tomaba el mando de una empresa destinada al fracaso y envió al caballero Guillermo de Villiers junto al hermano templario Guillermo de Cafran para negociar con el sultán, quien les manifestó que no deseaba más que tomar la ciudad por lo que prometía que, si los cristianos la abandonábamos, nos dejaría marchar sin ningún tipo de represalias. En esta conversación estaban cuando una gran roca arrojada por las catapultas de la ciudad, cayó cerca de la tienda del sultán, haciendo retumbar el suelo como si de un terremoto se tratase. Al-Ashraf, enfurecido, desenvainó su espada y hubiese dado muerte allí mismo a los embajadores si no hubiese intervenido el emir Shujai que le pidió que no manchase su arma con sangre de cerdos y permitiese regresar a los cristianos.

»Para entonces, la labor de los ingenieros musulmanes estaba muy avanzada y las minas bajo las torres empezaron a mostrar su eficacia. El ocho de mayo se prendió un fuego que arruinó la barbacana de la torre del rey Hugo. Una semana después, les llegó el turno a la de los Ingleses y a la de la Condesa de Blois; también las murallas aledañas a la puerta de San Antonio y la torre de San Nicolás empezaban a desmoronarse. El quince del mismo mes, la muralla exterior de la torre nueva de Enrique II se derrumbó; los sarracenos recubrieron las ruinas con sacos de arena y los defensores de la torre intentaron interceptarlos por medio de un gato, una estructura endeble de madera recubierta de pieles por donde subían arqueros y soldados; todo fue en vano: al día siguiente los mamelucos se apoderaron de los restos.

»El dieciocho de mayo, antes del alba, una gran nácara se dejó oír por todos los rincones de la ciudad. Miles de árabes, enardecidos por los gritos de guerra y el retumbar de címbalos, trompetas y tambores que trescientos hombres a camello propagaban entre sus filas, iniciaban el asalto final.

»Mateo de Clermont, el mariscal hospitalario, secundado por nuestro maestre Guillermo de Beaujeu, y hermanos de su mesnada, fracasaron en su intento de socorrer a los defensores de la puerta de San Antonio; esa lucha duró hasta la hora tercia cuando nuestro maestre, que se había vestido precipitadamente con una coraza ligera con los costados mal unidos, levantó su brazo izquierdo desprotegido de escudo y una flecha fortuita que entró por la axila le enterró un cuarto de caña en el pecho.

»Al sentirse herido, inició un caminar errático que nuestro gonfalonero interpretó como retirada y se puso al frente, entonces todos los de la mesnada le seguimos, pero un grupo de cruzados del valle de Espoleta salió al paso para rogarnos: «¡Por Dios, señor, no os marchéis, pues la ciudad pronto se perderá!». Nuestro maestre alzó el brazo y respondió: «Señores, no puedo más, pues estoy muerto. Ved el golpe». Inclinó la cabeza y dejó caer las armas y él mismo hubiera caído del caballo, si quienes le acompañábamos no lo hubiésemos descabalgado para echarlo sobre un escudo estrecho y largo que allí mismo encontramos.

»Pasando la parihuela a través de un agujero en la muralla, entramos en la templería donde entregó su alma a Dios. Él lo tenga en su seno, pues era un gran hombre.

»Juan de Grailly y Otón de Grandson defendieron la muralla oriental de la ciudad, pero, tras caer la Torre Maldita, su posición era insostenible y, al cabo de pocas horas, el enemigo franqueó las murallas arruinadas para tomar posesión de la puerta de San Nicolás, estableciéndose en el interior de la ciudad. A partir de entonces, se inició una encarnizada lucha calle por calle, casa por casa.

»Los árabes mataban a cuantos encontraban en su camino sin mirar condición, separando a las madres de sus hijos para vender a ambos como esclavos. Las gentes, horrorizadas, tomaban cuanto podían de sus pertenencias y se dirigían al puerto en busca de salvación, pero allí la situación era caótica. El pánico se había generalizado y una inmensa marea de soldados y ciudadanos junto con sus mujeres e hijos se agolpaban en los muelles, tratando de subir en las barcas para ganar a remo las galeras fondeadas lejos de la orilla.

»El mariscal Pedro de Sevry, que había tomado el mando de nuestras fuerzas, abrió las puertas de la fortaleza del Temple para que se refugiaran allí cuantos ciudadanos pudieran. Era el lugar más fortificado de la ciudad, con una torre alta y fuerte en la entrada y muros macizos de veintiocho pies. Por el lado del mar había otra torre, construida cien años atrás por Saladino, poderosa e infranqueable, contra cuyas piedras batía el mar directamente. Era el recinto más formidable que hubierais podido ver nunca y servía para guardar en él el tesoro de la Orden. El mariscal hizo reunir a todos los refugiados civiles en una playa abrigada al pie de la fortaleza y los embarcó en toda la serie de naves que pudo encontrar: naos grandes y ligeras, taridas, galeras, esquifes, barcas, botes de remo... Izaron las velas y se hicieron a la mar para dirigirse a Chipre. Todos se salvaron. Por nuestra parte, nos dispusimos a vender caras nuestras vidas en la fortaleza de la Orden...

Roger hizo un alto para tomarse un respiro. Micer Beltrán permanecía mudo, temeroso de romper el hilo de sus recuerdos.

»... El sultán Al-Ashraf presentó unas condiciones de rendición que Pedro de Sevry hubo de aceptar. Entonces, cien mamelucos entraron en el recinto para hacerse cargo de él, pero no respetaron lo pactado y comenzaron a abusar de las mujeres y niños impúberes que quedaron con nosotros. Ninguno de los hermanos fue capaz de resistir tal afrenta y tomando de nuevo las armas, los masacramos a todos, asumiendo la determinación de defendernos hasta la muerte. El sultán disimuló su cólera y continuó con las negociaciones hasta engañar al confiado Pedro de Sevry, que acudió al sarraceno acompañado de sus caballeros indemnes dejando en la fortaleza a los que estábamos heridos. Gran error pues, cuando el sultán los tuvo a su alcance, mandó degollarlos inmediatamente…

Guy se revolvió inquieto en su jergón; con disimulo se desprendió de la humedad de sus ojos:

—Yo ya no me encontraba allí —dijo en un suspiro—. Antes de abrir la puerta a los musulmanes, el mariscal había ordenado al tesorero de la Orden que embarcase los bienes y, amparado en la oscuridad, los pusiese a salvo en Sidón. Custodiando el tesoro, un grupo de personas incapacitadas para combatir, partimos hacia nuestro destino.

Sin fuerza para continuar, Guy guardó silencio. En aquellos momentos, odiaba al templario castellano que, sin ninguna consideración, removía los posos de su memoria.

—¿Y vos? —preguntó el capellán a Roger. Micer Centurio no daba tregua a los caballeros en previsión de que la angustia hiciera enmudecer sus labios.

—Cerramos las puertas y nos preparamos cristianamente para morir. Los zapadores musulmanes prosiguieron con la excavación de la torre mientras nosotros, en el interior, socavábamos una contramina que después dejamos apuntalada, de manera que en el subsuelo de la gran torre se abría un enorme vano en el que habíamos trabajado ambos bandos. El sultán, impaciente, puesto que la templería era el único edificio que resistía para empañar su gran victoria, ordenó el asalto final. Más de dos mil mamelucos a caballo penetraron en el recinto y el suelo no pudo aguantar tanto peso; mientras luchábamos desesperadamente, cedió el firme y la, ya de por sí, medio desmoronada torre se vino abajo con gran estruendo, sepultando por igual a defensores y asaltantes. Eso ocurría el veintiocho de mayo de mil doscientos noventa y uno; habían transcurrido diez agónicos días desde que nos refugiamos en el Temple y junto con la torre caían todos los sueños de nuestra Orden.

—¿Cómo lograsteis salvaros?

—Quién sabe… Sin duda hubo de mediar la voluntad divina, porque no conozco de otro hermano de Acre que corriese suerte parecida. Desperté de mi desvanecimiento semienterrado bajo una montaña de escombros, cubierto de sangre y polvo, pero sin daño irreparable. Ya que lo parecía, los mamelucos debieron considerarme muerto y, milagrosamente, no profanaron los que creyeron serían mis restos. Dolorido y atemorizado, esperé lo que me pareció una eternidad a que anocheciera para abandonar la relativa seguridad del agujero; las calles estaban iluminadas por el resplandor de innumerables incendios que consumían las casas hasta sus cimientos, mientras mi aturdida cabeza se llenaba de lamentos desgarradores y los vagidos de los niños que iban siendo hallados en los escondrijos ocultos.

»Pude despojar de sus ropas al cadáver de un musulmán y, con gran dificultad, cabalgando a la turca la caballería que otro había descuidado en sus tareas de saqueo, abandoné aquel infierno sin osar siquiera volver la cabeza. —Roger aspiró hondo para poder continuar—. Otros caballeros fueron decapitados o vendidos como esclavos sobre lo cual no puedo pensar qué fuera mejor; por mi parte, deambulé sin rumbo por toda Palestina, mendigando limosna que mitigase la hambruna perpetua que padecía, hasta topar con un grupo de hermanos en la fe, leñadores en las orillas del Mar Muerto.

»Con este oficio pude enrolarme de criado en una caravana que partía hacia Haifa, siguiendo el Jordán; allí hube de esperar de nuevo otro año a que el dedo de nuestro Señor me designase.

»Una mañana, en la mar se levantaron crestas de espuma como agitada por mano de gigante; los pasajeros, y aun parte de la tripulación de una tarida turca con pabellón genovés, se negaron a dejar la protección del puerto con tan bravo temporal, sin embargo, su capitán no podía perder tiempo puesto que llevaba mandado del armador para llegar con la carga a Rodas antes de que lo hiciera el competidor véneto. Me enrolé a cambio de pasaje hasta el destino ya que la nave no tocaría antes puerto alguno. Al capitán, armenio de nación, lo único que le interesaba era conseguir hombres con que marear; por mi parte, ante la necesidad, también me deshice de cualquier escrúpulo. Aunque no sabía de qué manera podía conseguirlo, en mi ánimo estaba retornar desde allí a Chipre y encaminar los pasos hacia la encomienda de nuestra Orden. No fue necesario. Tras una larga derrota en la que el bajel arfaba como el carro encabritado de Neptuno, y que solo la intervención de Nuestra Señora evitó que fuéramos a pique en más de una ocasión, mis penurias finalizaron en el puerto de Rodas. Aquel es posesión de los freires hospitalarios y aunque nuestra rivalidad fuera pródiga en otros tiempos, en la desventura no hube de hallar mejores valedores, y pocas semanas después me encontraba de nuevo a salvo en Chipre. En total fue un periplo de ocho años... Amargos y dolientes años desde la caída de Acre.

—Ciertamente, Nuestra Señora del Temple es tan peregrina como nos. Ha estado con la Orden hasta el final —intervino Guy.

—Ese momento aún no ha llegado —atajó micer Centurio.

—Ella os escuche y sea del mismo parecer —aceptó finalmente Roger de Vichiers.

Un largo silencio envolvió al grupo; por los pómulos del capellán discurrían lágrimas agridulces que las llamas del hogar remarcaban con destellos de luz. Desde la capilla del no lejano castillo de Montalbán, llegaba nítido el doblar de campanas llamando a completas. Micer Centurio sorbió con la nariz mientras se secaba la cara con la manga mugrienta de sus harapos:

—Diremos el Oficio Divino por los hermanos cristianos que cayeron en Tierra Santa.

—Sea también por los musulmanes —rebatió Guy medio adormilado.

Tras vacilar unos instantes, micer Beltrán aceptó:

—También por ellos.

Después, se dirigió hacia un hueco abierto en la pared que hacía las veces de sagrario y tomó de él un paño de lino, lo único inmaculadamente blanco que había en aquella guarida y, desdoblándolo, dejó ver entre sus pliegues un montoncillo de sagradas formas de un sospechoso tono parduzco.

Roger se preguntó si sería lícito comulgar con aquel pan ácimo hecho de harina de bellotas y tostado sobre una piedra. El capellán sospechó sus inquietudes:

—El Cuerpo de Cristo es alimento del alma; no os preocupéis por su sabor.

En ese momento, una ráfaga de viento doblegó las llamas de la hoguera, esparciendo por el suelo parte de las cenizas. Regresaban los ermitaños de su partida de caza nocturna con las manos vacías y el descontento reflejado en el rostro.

—No hubo suerte —se justificó Cuellosoga ante el micer—. Mañana, quizá.

—¿De qué ventura están renegando? —quiso saber Roger.

—Dos días después de que aparecieseis vos y vuestro hermano, llegó a Melque una sombra que se instaló entre los escombros. Nos vigila día y noche. Hemos intentado darle caza en varias ocasiones, pero es escurridiza como las alimañas con que convive entre las piedras.

—¿Chatrian? —musitó Guy.

—El de Essex es un patán. Le hubiesen sorprendido durmiendo; no se trata de él —repuso Roger.

—Antes o después, le pondremos la mano encima —prometió Cuellosoga.

Capítulo 6

Don Agustín no había exagerado las bondades de su hermana. Cualquier reparo que hubiera podido tener el profesor, respecto a las molestias ocasionadas, quedó desestimado en el transcurso de la comida.

—No lo agradezca —advirtió Manuela al entrar en la salita con la bandeja de dulces y un pucherillo de humeante café—, mi hermano ha hecho de esto una agradable costumbre.

—Tome una tacita, no probará otro como este. Manolita es alérgica a cualquier cachivache eléctrico de cocina; hasta el fogón todavía es de carbón y leña. Las comadres nos miran como a una especie en vías de extinción; ya ve, el progreso empuja... Nadie se interesa ya por las antiguallas y eso es lo que nosotros somos. ¡Ah, la juventud de hoy en día...!

—No sea injusto, todos somos producto de la época en que nos corresponde vivir, además tanto Kiko como Marta están muy interesados en los tiempos pasados.

—Sobre todo en el de los caballeros enterrados bajo la torre —asintió Kiko con la boca llena de dulces.

Don Agustín apuró su café y dejó sobre la mesa una bolsa con tabaco de picadura y un librito de papel de fumar.

—¿Gasta? —preguntó.

—Se lo agradezco, pero no me lo permite el médico.

—Ni a mí mi hermana, aunque espero que tenga la delicadeza de no quitarme el cuarterón en su presencia. —El cura observó de reojo cómo Manuela hacía un gesto de impotencia antes de preguntar—: Los restos encontrados en la cripta bajo la atalaya son templarios, ¿no es cierto?

—A falta de un estudio más en profundidad, se podría decir que sí.

—En la comarca existieron lugares más propios para enterramientos que los maltrechos despojos de un torreón ruinoso. Aquello no es, ni fue, terreno sagrado, y fuera de los cementerios solo se inhumaban los cadáveres de ateos, excomulgados, suicidas o personas que por un motivo u otro fallecían fuera de la fe… ¿Por qué utilizarlo entonces? —se preguntó don Agustín en voz alta.

—A lo mejor no lo sabían —sugirió Kiko.

—No podían ignorarlo. Dar tierra en sagrado a personas a las que el clero, por motivos religiosos, se la negaba, era uno de los servicios que los templarios prestaban a la comunidad —aclaró el sacerdote.

—Precise usted —intervino don Andrés—, que era uno de los numerosos negocios a los que se dedicaban. Si consentían en enterrar en los cementerios de la Orden a personas excluidas, era a cambio de una suma de dinero o de hacerse cargo de la herencia, siempre sustanciosa, del difunto, lo que motivó numerosos litigios con el clero ordinario.

—Matices…, anécdotas sin relevancia. Lo cierto fue que los familiares de cualquier renegado podían reconciliarlo con la doctrina, in extremis, gracias a ellos.

—Siempre y cuando contasen con una bolsa de dinero razonable.

—Y aunque no la tuviesen; no olvide que la caridad era una de sus obligaciones.

Kiko, con la paciencia colmada, tomó una servilleta y se deshizo de los gránulos de azúcar que se le habían quedado en los labios; después, dobló varias veces otra hasta convertirla en un barco. Trazó con el dedo una línea imaginaria sobre la mesa y, enfrentado a Marta, se dedicó a tratar de hacerlo navegar hasta su terreno a fuerza de soplidos. Una mirada de reojo bastó para que don Agustín plegara velas:

—Creo que tenéis razón. Son temas sin trascendencia que don Andrés se ha empeñado en discutir, pero…

—¡Fascinante! Me refiero a la forma que tiene usted de darle la vuelta a la cuestión.

Marta y Kiko reanudaron su batalla naval procurando hacer el ruido necesario para que cura y profesor cejaran en su polémica.

—De acuerdo. —Don Andrés se encontraba incómodo—. ¿Dónde nos quedamos en la explicación?

Marta recogió el barco de papel y lo dejó en su regazo, a la vista, para recordar que en el momento que se iniciase un nuevo altercado, reanudarían la batalla y repuso:

—Los primeros templarios habían celebrado un concilio en Europa, regresando después a Jerusalén.

—Ah, claro, bien… Allí no les faltó trabajo de armas. De hecho, los templarios junto a la Orden de San Juan del Hospital que, con el tiempo, al cuidado y albergue de peregrinos en sus hospitales, había añadido su protección por las armas, conformaban ejércitos de élite tenidos en gran estima por los monarcas y el pueblo llano.

»Hay que tener en cuenta que las mesnadas cristianas, al margen de las órdenes militares, nunca llegaron a ser más que una fuerza expedicionaria de ocupación, compuesta por una pequeña cantidad de soldados fijos, reos traídos de occidente que redimían sus condenas como cruzados forzosos, y mercenarios aborígenes conocidos como *turcopliers* o turcópolos, que combatían allí donde era mejor la paga.

—¿No reclutaban soldados en Tierra Santa? —se extrañó Kiko.

—En épocas de crisis era necesario, de lo contrario, los «pulanos», gentes de origen occidental nacidas en el reino franco de Jerusalén, preferían dedicarse al comercio y al trabajo de sus tierras.

—Como cualquier hijo de vecino —apostilló el cura.

—Bueno… En París quedó Payen de Montdidier ocupado en organizar la infraestructura necesaria que generase el dinero con el que habría de mantenerse la Orden en Oriente.

»En numerosas ocasiones, los nobles, que consideraban un gran orgullo poder servir en la Orden aunque fuera por un tiempo limitado, rivalizaban entre sí por hacer la donación más espléndida.

»Idearon, o modificaron para su uso, múltiples sistemas que hacían crecer su economía; el que discutíamos antes, las inhumaciones, fue uno de tantos. Otro ejemplo: el señor de unas tierras se ponía bajo la custodia de la Orden, con ello obtenía protección para sus gentes y su hacienda y beneficios espirituales y fiscales, lo que hoy llamaríamos exención de impuestos. En contrapartida, a la hora de su fallecimiento y tras asignar a la viuda una suma que asegurase su supervivencia y la de sus descendientes, el Temple se hacía cargo de las posesiones. Los templarios también llegaron a convertirse en los banqueros más fiables de Occidente: un viajero podía depositar una suma de dinero en cualquiera de sus encomiendas desde donde se libraban documentos de pago para hacerlos efectivos en las demás posesiones del Temple que se levantaban en su ruta.

—Entonces… ¿Más que guerreros, eran comerciantes? —Kiko estaba descubriendo un aspecto de estos caballeros medievales que le gustaba muy poco.

—La Orden poseía un sello en el que se puede apreciar a dos caballeros montados en el mismo caballo, quizá fuera un recuerdo de su primera época, cuando aún eran los Pobres Caballeros de Cristo, pero, posteriormente, cada caballero era equipado con cota de malla larga y corta, espada, maza, hacha y lanza y, en su caso, arco o ballesta, casco con protección nasal, calza y camisa para su ropa interior y sobreveste y manto para la exterior, un escudero armado y varios sirvientes; los pertrechos normales de campaña como cacerolas, frascos o trébedes y tres caballos, dos de ellos ligeros y uno grande y robusto para soportar el peso de la armadura en combate. Cualquier hombre de aquel siglo que poseyese la mitad del equipamiento de un caballero templario era considerado rico… Imagina lo que le costaría a la Orden mantener el gasto de alimentos y pertrechos de todo un ejército de caballeros, sargentos, escuderos, armigeros, mercenarios, maestros de oficios, siervos…

—Siempre el vil dinero… —interrumpió don Agustín.

El profesor respiró hondo y prosiguió con resignación:

—La Orden mantenía permanentemente dos frentes abiertos contra los musulmanes: uno en Tierra Santa y otro en la península ibérica; el resto de sus posesiones eran la maquinaria donde se generaba el dinero para mantenerlos.

—Oh, basta; está usted dando una imagen equivocada de los templarios. De sus palabras se puede deducir que eran meros recaudadores de impuestos con que financiar una guerra santa y ¡nada más alejado de la verdad! Su largueza y justicia hacían de ellos las personas más queridas y respetadas de su tiempo.

»El caballero, por sí mismo, era pobre. Solo se le admitía en la Orden si el Capítulo reunido a tal efecto lo consideraba merecedor de tal honor y, aún así, se le advertía y daba la oportunidad de arrepentirse de ello antes de tomar el hábito.

»Nada le pertenecía, ni siquiera la voluntad. La Orden, bajo su estricta Regla, se ocupaba de todas las necesidades espirituales y materiales del freire, pero al fallecer este, todo retornaba a su seno para ser reutilizado.

»Cuando el caballero se encontraba fuera del convento, las normas se adecuaban a la vida de campaña, pero en su interior se observaba la austera Regla del Císter. Para dormir no podían despojarse nunca del calzón y llevaban la camisa recogida con un leve cinturón. A las dos de la madrugada en verano y a las cuatro en invierno, sonaba la campana llamando a maitines; tras el canto de estos se rezaba trece padrenuestros por Nuestra Señora y otros trece por el santo del día; después, se llegaban hasta las caballerizas para dar de comer a sus caballos y regresaban a la cama donde, antes de acostarse, rezaban nuevamente. A la llamada de la hora prima, se vestían para oír misa en la capilla y disponerse tras ella a las labores que tenían encomendadas... y así día tras día.

—Pues se les iba el tiempo en rezos... —Manolita acababa de entrar en la sala portando una bandeja—. Desde la ventana he visto a Sebastián cruzando la plaza —comunicó a su hermano al dejar sobre la mesa el servicio de café.

El párroco, extrañado, hizo una consulta con su reloj de pulsera:

—La costumbre de tomar juntos el café de la sobremesa es anterior a su cargo en el Ayuntamiento y nunca antes había llegado tarde —miró de nuevo el reloj—: vivimos a un paso.

—Me serviré una taza para acompañar a Sebas. ¿Desean un poco más? —preguntó Manolita.

El profesor rechazó el ofrecimiento y don Agustín volvió del revés su taza vacía:

—Ni una gota; luego me cuesta conciliar el sueño... ¿Qué comentario hiciste al entrar?, hermana.

—Según tus explicaciones, parecían pasarse el día entero en oración; te aseguro que a mí me faltan horas para llevar la casa —respondió ella.

—Su vida monacal no difería en exceso de la de cualquier otro convento del Císter, haciendo la salvedad del entrenamiento diario y el servicio de armas. Es obvio que unas reglas tan rígidas solo podrían mantenerse lejos del frente de batalla. En España o en Tierra Santa, únicamente habría podido hacerse en los periodos en que no se luchaba.

Manolita vertió un poco de leche en la taza e hizo un gesto de que lo daba por supuesto:

—En época de guerra, bastante preocupación tendrían con mantener el tipo…

Marta y Kiko se miraron. Aquello se parecía más a las historias del ejército que contaba el hermano mayor de Pirulo que a las de caballeros aventureros que habían leído o visto en el cine. ¿Dónde quedaban el rey Arturo o Ivanhoe, dónde el Caballero Negro o el bravo Robin Hood luchando contra el usurpador Juan Sin Tierra mientras aguardaba el regreso de Ricardo Corazón de León de las cruzadas…? Así que, algo fastidiado, Kiko arremetió:

—¿No salvaban doncellas, ni protegían a las caravanas de las bandas de malhechores asesinos, ni asaltaban las murallas de las fortalezas musulmanas mientras les arrojaban flechas, piedras y aceite hirviendo?

—Hicieron todo eso y mucho más. Ten en cuenta que estamos hablando de las tropas cristianas más aguerridas que conoció la Edad Media. —El párroco defendía sin titubeos su postura.

—Junto con los caballeros de la Orden Hospitalaria y los Teutones. —La precisión fue de don Andrés—. Además —prosiguió—, la Regla de la Orden no les dejaba otra alternativa que la valentía, ¿ejemplos?: en la batalla debían proteger el gonfalón, la enseña blanquinegra de la Orden, hasta perder en ello la vida. No les estaba permitido rendirse al enemigo a menos que este los triplicase en número y, aún así, de poco les valía hacerlo porque la Orden no pagaba rescate alguno por los hermanos caídos en manos de los musulmanes que, sin un botín que obtener a cambio, los pasaban a cuchillo. Era preferible una muerte honrosa en el fragor de la batalla a la sordidez de la herramienta del verdugo, ¿no cree?

—Su comentario peca nuevamente de tendencioso... Los caballeros ya sabían lo que les esperaba al ingresar en la Orden y aún así era considerado un gran honor ser admitido. ¿Cómo dudar de la valía de unos hombres que nunca preguntaban cuántos eran sus enemigos sino dónde se encontraban? —El cura levantaba su dedo airado.

—Tocado; ahora soy yo quien le concede el punto.

Se dejó oír el timbre de la puerta y, al poco, regresó don Agustín acompañado del primer edil. Venía este con evidente sofoco. El viento había desmontado la argucia capilar con la que trataba de ocultar su más que incipiente calvicie. El pelo del flequillo le colgada ante la nariz y, con cuidadoso ademán, trató de colocarlo de nuevo en el sitio preciso.

—No podré quedarme más que unos instantes. He recibido la llamada de los arqueólogos. Parece ser que don Paulino desea tratar conmigo un tema urgente —fue su advertencia al entrar.

—¿Algo grave? —inquirió don Andrés.

—No lo sé aún; supongo que lo suficiente como para no querer adelantármelo por teléfono.

—Siéntate un momento con nosotros. —El párroco le acercó una silla—. Diez minutos no van a empeorarte la cuestión.

—No, Agustín; te lo agradezco. —Aun a riesgo de escaldarse, tomó un sorbo largo de café—. Gracias, Manuela; exquisito como siempre. —Después, se volvió de nuevo hacia su amigo—: me he acercado más que nada para que no me pusierais falta.

—Permíteme al menos que te presente a don Andrés. Ha venido desde muy lejos, exclusivamente para estudiar el yacimiento de la Atalayuela.

—Cuente usted con toda la colaboración que nuestro Ayuntamiento pueda prestarle —dijo mientras tendía su mano al profesor—, pero ahora debe disculparme; deben disculparme todos —corrigió—, pero tengo que llegarme hasta la ermita.

Apuró con otro sorbo el contenido de su taza para abandonar después la estancia con la misma precipitación con que había llegado.

—Nosotros también nos tenemos que marchar —anunció Marta mientras Kiko devolvía la bandeja vacía de los dulces a la cocina.

—Os hemos aburrido sin remedio —se dolió don Agustín—, por culpa de mi condenada costumbre de discutirlo todo.

—Oh, no; oír cómo pelean es divertido, pero ya habíamos quedado con los demás para ir al cine.

El reloj de la sala dejó caer una campanada solitaria.

—¡Y media! —se apresuró Kiko hacia la salida—. Estarán todos esperándonos en la puerta de la sala. ¡Hasta luego! —se despidieron los muchachos desde el umbral.

—Prisas, prisas; hoy en día todo el mundo vive pendiente del reloj. —Manolita terminaba pausadamente su café. Después se puso en pie para recoger el servicio de la mesa.

—Les dejo solos para que arreglen el mundo; tengo una cita con un libro delante de la chimenea. Don Andrés, considere esta como su casa siempre que guste.

—Se lo agradezco. Yo debería imitar a los chicos, pero tendrán que disculparme otra falta de cortesía. Antes les pediré que me permitan ver de cerca la imagen del retablo.

—Para eso está usted aquí —terció el párroco—. Ande, ayúdeme a sacar la escalera del cuarto de los trastos y cuidado con la gimnasia, no vaya a ser que entre sus piernas renqueantes y mi pulso temblón, acabemos haciendo el número de la cabra. Yo, sujetar, le sujeto la escalera, pero, de hacer alpinismo, nada.

Al poco, don Andrés se encontraba pasando el plumero a la imagen de la iglesia mientras el cura, más que asegurar la escalera, se apoyaba en ella.

—¿Se tiene solo?—preguntó desde abajo.

El profesor, absorto en la contemplación de la imagen, respondió con un gesto ambiguo.

—Voy a procurarle más luz.

Cuando se iluminó el altar, el profesor alcanzó a ver con minuciosidad los finos motivos de la decoración de la imagen. Dorada, estofada y encarnada, pensó. Luego olvidándose de la técnica, su atención fue reclamada por los rostros del Niño y de su Madre, que se encontraban tan próximos.

—«Mirada de esmeralda verde perdida en un mar de nácar y un marco de oro vivo en el ébano de su cara...», ¿verdad? Así la definió uno de nuestros jubilados, aficionado a la poesía, en el programa de las fiestas del pasado año.

—Es… hermosísima.

—Estoy con usted.

—Una ejecución perfecta; una policromía desusadamente conservada, sin grietas, fisuras ni erosiones…

—Una restauración excelente.

El profesor miró al párroco por encima de sus gafas de proximidad.

—Una copia de no demasiados años, don Agustín. De buena mano sí, pero copia al fin y al cabo. ¿Dónde está el original?, aunque ya dudo que alguna vez haya habido alguno.

El párroco permaneció mudo unos instantes, luego, despertando evidentemente contrariado, hizo una primera intención de arrojar la colilla que colgaba de su labio inferior. Se contuvo recordando el lugar donde se hallaba.

—Baje de ahí, hombre de Dios, baje y no remueva más el avispero; bastantes problemas hubo en su día por ese motivo.

—No comprendo…

—Ya lo sé; baje si quiere que se lo explique —don Agustín tomó el camino de la pequeña biblioteca aledaña a la sacristía.

—La escalera…

—Olvídese; ya la recogerá el sacristán.

Tras invitar a su acompañante a sentarse al otro lado del vetusto escritorio de la salita, el cura rebuscó en los cajones hasta encontrar un legajo que depositó sobre la mesa. Acto seguido, se dirigió hacia los archivadores de correspondencia y hojeó uno de ellos para entresacar de él lo que andaba buscando. Miró el papel brevemente como si dudase de poner en conocimiento de su invitado lo que la carta comunicaba. Al final se decidió:

—Lea. Ahora comprenderá por qué esta mañana le dije que no me preocupaba en exceso la seguridad de la talla que pudo ver en la iglesia.

Don Andrés echó un rápido vistazo al escrito leyendo en voz baja las frases que reclamaron su atención. El papel mostraba el timbre del arzobispado:

—«Toledo, a catorce de junio de mil novecientos setenta y dos…, recibida para proceder a su restauración…, excepcional talla a la que se debe preservar de mayor deterioro…, su iglesia no posee instalaciones que aseguren su conservación…».

—Sáltese eso; la última frase es la importante.

—«Concluida la restauración a que va a ser sometida, quedará depositada en las dependencias del Museo Diocesano».

—¿Se imagina usted el revuelo que se organizó cuando se supo que la imagen no iba a regresar al pueblo? Hubo protestas y movilizaciones y hasta una manifestación ante la sede del arzobispado. Salcedo, el párroco de aquellas fechas, se vio obligado a hacer gestiones personales encaminadas a solucionar el conflicto de alguna manera. Bueno, abreviando…, al remate, la marea se tranquilizó un tanto cuando llegó la copia que usted ha reconocido. Yo he visto el original y le aseguro que es igual de hermosa, con la diferencia de que esta parece, porque lo está, recién salida de la mano del tallista. En el pueblo se fue acallando el asunto, pero, ya ve, el hecho de que no informen a los visitantes de que la pieza es una copia moderna, indica que en el interior de sus corazones el tema aún suscita controversia.

—Sin embargo, fue la decisión más acertada que se pudo tomar.

—No lo dude, pero entienda usted la situación en que se encontraba mi predecesor, que no deja de ser la misma en la que me encuentro yo: justo en medio de las partes en conflicto. Me veo obligado a pedirle un poco de tacto en este tema.

Pensativo, el profesor se mesó el cabello para, posteriormente, preguntar sin demasiada determinación:

—¿Y la corona?

—¡Pastel también, hombre! Disculpe —rectificó—, se me pega el léxico de los chicos de catequesis; me refiero a que, al igual que la talla, es una reproducción. En su día, se recurrió a la comprensión de doña Julita para sustituir el original por una copia de latón sobredorado. Con lo obtenido por la venta se compraron dos sillas de ruedas necesarias entre mi feligresía, y se financió el viaje que los niños de catequesis de aquel año hicieron a la costa; aunque le parezca extraño, la mayoría de ellos no conocía el mar. Con el resto del dinero se pagó el último plazo al ebanista que restauró el confesionario, los bancos de la iglesia y, cómo no, la balaustrada del coro. —Don Agustín separó las manos en un gesto beatífico para apoyar su explicación—. Aquí, las colectas dominicales son modestas. ¿Por qué le interesa tanto la imagen?

—En arte no existen normas estrictas, sin embargo, me llama la atención el hecho de que el ornamento del manto no presente los típicos motivos del románico o del gótico posterior, ya sabe, florones, líneas o, más tardíamente, flores de lis. En la talla de piedra de la ermita, se pueden adivinar pequeñas cruces patadas; hubiese deseado corroborarlo en el original.

—Le puedo asegurar que son idénticas; ¿por qué hay que prestar a eso una atención especial?

—La «cruz *pattée*» constituye la insignia de la Orden templaria en sus últimos tiempos; pudiera ser que a la imagen que conocemos con el nombre de Nuestra Señora de la Encina, hubiese que apellidarla «del Templo».

—Me temo que el hallazgo de la Atalayuela le está quitando a usted el sueño; porque está tratando de relacionar ambos asuntos, ¿no es así?

—Pudiera ser.

—Pero, hombre, ¿qué pueden tener en común dos hechos tan dispares? El yacimiento se ha descubierto hace poco tiempo, sin embargo, la imagen lleva con nosotros más de doscientos años…

—Aún no lo sé, pero el hecho de encontrar un enterramiento templario, absolutamente atípico, en el mismo contexto que una posible imagen de su Orden, digamos que, al menos, despierta mi curiosidad.

—Elucubraciones sin fundamento. En fin… —Consultó de nuevo el reloj—. He de dejarle, dentro de una hora tengo una entrevista con un colaborador que está montando un trabajo audiovisual, ya sabe, presentaciones de esas que se hacen por ordenador, pero, antes… —Dedicó un guiño cómplice a su invitado—. Antes, quisiera dar una cabezadita de diez minutitos en el sillón; si no, no soy persona —se justificó.

—También yo tengo trabajo por hacer. Le agradezco la velada y quisiera que hiciese extensivo el agradecimiento a su hermana.

—Espere —le interrumpió el párroco tomando el legajo de la mesa—. Esta es una copia del informe que la restauradora hizo para el arzobispado; lléveselo para leerlo con tranquilidad. Aunque no creo poseer otra información que pueda interesarle, si desea alguna cosa, ya sabe dónde estamos.

De regreso a La Estrella, don Andrés hizo algunas llamadas de teléfono destinadas a tranquilizar a su familia y subió a la habitación dispuesto a pasar la tarde estudiando el informe de la restauración y las notas recogidas en su cuaderno. En esa intención estaba, cuando sonaron unos nudillos en la puerta. Era Paulino y llegaba visiblemente alterado.

—¿Qué te ocurre, hijo? —le recibió el profesor a modo de saludo.

—Complicaciones, don Andrés. Usted sabe que en nuestro oficio nunca faltan, pero, en este caso, son graves. Le traigo copias de las fotografías que obtuvimos en el yacimiento junto a un breve informe del trabajo desarrollado; cuando tenga los datos de los laboratorios y del forense, se los haré llegar aquí o a su casa, si ya ha regresado. El resto del equipo ha partido y yo debía haber salido con ellos, pero…

—Tranquilízate, hombre; ya me informaron de que te has quedado por un negocio que debías tratar con el alcalde.

—¿Cómo lo sabe? Bueno, de cualquier forma me iré esta tarde y antes tengo que dejarlo resuelto.

—¿De qué se trata?

—Alguien ha robado una pieza del yacimiento.

Don Andrés meditó unos segundos, como si tratase de encontrar sentido a las palabras de su discípulo.

—¿Estás seguro de que no se trata de un extravío?

Paulino negó con la cabeza:

—Las piezas están inventariadas. Fue, al puntear esta lista para proceder al traslado, cuando nos dimos cuenta de la falta. Comprobamos todo varias veces, pero no apareció por lado alguno; por otra parte, es la única pieza que posee un valor material fácilmente convertible: la corona de oro que uno de los cuerpos mantenía a la altura de su tórax.

—Nosotros pudimos verla en la visita de ayer.

—Es la última vez que alguien supo de ella, aunque hasta esta tarde no hemos notado la ausencia. Como comprenderá, esto limita mucho el número de personas que pudimos tener acceso a la joya.

—Estás pensando en alguien.

—Así es, y ese es el dilema. Por un lado, tengo la obligación de acudir a la Guardia Civil y presentar denuncia, pero algo en mi interior no me permite hacerlo. Quisiera que usted me aconsejase.

—¿De quién sospechas?

—De la única persona que conoce el terreno como la palma de su mano y lo visita a horas intempestivas, de Venancio.

El profesor dudó antes de contestar de forma imprecisa:

—No creo que…

—Yo tampoco o, al menos, desearía no hacerlo; me sabe mal involucrar en un asunto tan turbio a una familia que se ha desvivido por nosotros, pero… en fin, que no sé qué hacer. Estoy hecho un lío —concluyó.

Don Andrés recogió las fotografías y la carpetilla que le tendía el arqueólogo y las depositó, junto con el informe de don Agustín, sobre la mesita que hacía las veces de escritorio; luego, se volvió hacia su ex-discípulo para calmarlo.

—Haremos una cosa: ve tranquilo; yo aún permaneceré aquí algún día más y en ese plazo encontraré la dichosa corona o, antes de irme, presentaré denuncia ante las autoridades. Vamos, si no tienes inconveniente.

Paulino pareció respirar aliviado:

—¿Inconveniente? No sabe el peso que me acaba de quitar de encima.

VII
14 de diciembre de 1315

Los caballeros templarios tuvieron que abandonar Melque apresuradamente. Aquel día, llegaría al cenobio un hombre, padre de dos chiquillos, acompañado de un hermoso caballo que, a partir de ese momento, supliría el campo de batalla por el de las labores agrícolas.

Micer Beltrán Centurio no cabía de gozo dentro del hábito; en su imaginación veía al núcleo de ermitaños transformado en una congregación numerosa y disciplinada, y las ruinas de la ermita convertidas en el monasterio más descollante de la cristiandad castellana; por eso, al alba, cuando el sol aún no había roto el horizonte, dos sombras serpentearon entre los escombros para continuar el camino que les había llevado hasta allí dos meses atrás.

No era deseable que los nuevos eremitas, que aquella mañana se habrían de incorporar a la orden de los desheredados, pudiesen toparse con su vieja mula pastando en los campos aledaños.

Lo que nunca pudieron apreciar los caballeros fue la tercera sombra que, tan sigilosamente como había vivido entre los derribos, abandonó el lugar el mismo día que ellos partieron.

Caminaban en silencio, uno ante otro. Roger llevaba las riendas de la mula uncida al liviano carro, mientras que Guy, con ayuda de su cayado, se conformaba con mantener el ritmo impuesto.

Roger se fijó en el hermano y lo que vio le satisfizo: parecía recuperado. Aún conservaba la torpeza al caminar y su espalda corcovada le hacía parecer más anciano de lo que era en realidad, pero aparentaba la fortaleza de un risco resistiendo el embate del viento. Sonrió en su interior. ¡Condenado micer Centurio! Era capaz de manejar la situación como el pequeño maestre de una orden de desarrapados. De haber vivido en el mundo en vez de en su destierro voluntario, sin duda se hubiese labrado un buen pasar, medrando al servicio de cualquier varón de la casa del rey.

Detrás, Guy pareció leerle el pensamiento:

—Buen hombre este capellán, aunque algo… —dijo a la vez que se golpeaba la sien con el dedo índice.

—No admiro a los simuladores —mintió el caballero.

—Él os hubiera contestado que el milagro ya estaba hecho y que solo utilizaba lo que la Providencia ponía a su disposición. —Guy inició una carcajada, pero, al apreciar el rostro adusto de Roger, se contuvo—. Bueno…, estoy de acuerdo con vos. A mí tampoco me gustan los burladores, pero ¿quién puede conocer la voluntad del Señor? Al micer solo le falta un bardo que conozca su historia y, acompañada de música, la divulgue por villas y cortes y, mañana mismo, se le llene la dehesa de devotos romeros milagreros, ansiosos de reliquias. Todo un negocio.

Roger frunció el ceño. Tampoco los trovadores le caían bien. Los consideraba hechos a las damas, zafios y embusteros, capaces de trastocar la realidad únicamente por lograr una rima medida y biensonante, o hacer que una damisela impúber se sonrojase con su trova meliflua y vana. Gente así no era de fiar, pero estuvo de acuerdo en que serían del gusto del micer.

A media tarde, se encontraban tan lejos de la iglesia, que Nuestra Señora de Melque era casi un recuerdo del pasado. Comieron en silencio y tras dedicar un tiempo a realizar sus oraciones, se pusieron en marcha con paso apresurado. El cielo se había cubierto de nubes espesas y oscuras, y el viento batía la copa de los árboles en un concierto de murmullos inacabables.

Tendrían que encontrar refugio antes de que cayese la noche o no quedaría más alternativa que pasarla bajo la escasa protección del carruaje. Con la última luz del día, les llegó el aroma de la tierra húmeda que propagaba el aire; dentro de poco les envolvería el temporal.

Con avidez en la mirada, buscaron un redil, un aprisco, una cabaña de pastor…, cualquier lugar que les pudiera servir de refugio ante la noche que se avecinaba, pero transitaban un terreno escarpado, casi caprino, y la única edificación que se podía apreciar era una desmochada atalaya de vigilancia, levantada en las proximidades del barranco. Hacia allí se dirigieron con la esperanza de encontrar algún tipo de abrigo.

No había camino para llegar hasta ella y enfilaron por una trocha dibujada en la broza, que seguía la misma dirección. Las ruedas del carromato no encontraban asiento firme en medio de aquel pedregal y amagaban con partirse en cualquier momento bajo el peso de la carga.

Roger se adelantó para explorar el lugar y, de regreso, trajo buenas noticias: la torre, pura ruina, no ofrecía ningún cobijo, pero bajo ella había localizado una cava donde podrían descansar aquella noche.

Las nubes cerraron por completo y el cielo comenzó a derramar agua con timidez. No habría más de un cuarto de milla hasta la cueva, pero el terreno era impracticable para el carro y obligaba a progresar con lentitud.

Estaban a la vista del refugio cuando la tormenta se desató en toda su intensidad. La cuesta se transformó en un torrente que serpenteaba entre las piedras, formando regatos furiosos. Desde la base de la atalaya, a modo de manantial, llegaba barro líquido que teñía las rocas sobre las que se deslizaba. Con estruendo fenomenal, se desmoronó una parte de la mampostería de la torre que llegó rodando hasta los pies de los viajeros; la mula corcoveó atemorizada y, coreándose con rebuznos de pavor, inició una desbocada carrera ladera abajo. Sin embargo, no fue capaz de alejarse demasiado. Antes de llegar al camino, las ruedas del carro ya no existían: se habían hecho pedazos contra las rocas, vaciando el contenido sobre la hierba de la barranquera. La mula, incapaz de arrastrar el peso muerto ni de desprenderse de sus atalajes, había frenado la carrera y rebuznaba agónicamente empapada de sudor y lluvia.

Roger logró tomar las riendas y atarlas a un arbusto cercano; después, cuidando de no recibir una coz o un bocado del pávido animal, lo desprendieron de los restos del carruaje y evaluaron el destrozo. La Señora, cubierta de lienzo y asegurada con cuerdas a los paloncillos, no había sufrido daño, el resto de sus pertenencias yacían desperdigadas por doquier, muchas de ellas rotas o inservibles.

Mudos de desesperanza, se buscaron con la mirada intentando encontrar en el otro la voluntad que flaqueaba en la contrariedad.

Guy tomó el armazón partido de una ballesta y lo arrojó con furia, impotente, a la vez que lanzaba amenazas y reconvenciones contra la mula, la lluvia y micer Centurio, que los había hecho trocar la tranquilidad de la ermita por aquel viaje demencial.

Roger llegó a su altura; sobre los hombros portaba la talla sagrada, y se detuvo un instante para señalar con un gesto el campo de desperdicios que tenían ante ellos:

—Aún quedan cosas por salvar, desesperaos más tarde.

Para cuando sus pertenencias estuvieron a resguardo dentro del subterráneo, el horizonte ya se había fundido en la oscuridad y, solo de tanto en tanto, un resplandor lejano iluminaba con luz azulada la cascada de agua que manaba incesantemente de las alturas.

Guy descansó su espalda deforme contra el muro, dejando a su hermano en el intento, hasta el momento infructuoso, de encender fuego. Su gesto era una mueca amarga: estaban calados hasta los huesos, ateridos de frío y un desagradable olor a naturaleza descompuesta lo embargaba todo.

Al poco, escuchó el tímido crepitar que agradeció con un estremecimiento: Roger había conseguido hacer lumbre juntando pacientemente las briznas de paja y juncos resecos que encontró en el suelo de la estancia, y colocaba sobre ella trozos del carromato, ahora transformado en leña que, aunque empapada, mantenía el corazón seco.

La humareda irritaba sus ojos y les hacía toser constantemente, pero, ante el frío que llevaban incrustado, era un mal menor.

Se despojaron de sus vestiduras y, en camisa, se aproximaron a las llamas hasta que estas casi les lamieron las plantas de los pies. Las volutas de humo golpeaban violentamente contra el techo y se deslizaban por él en busca de la salida; de vez en cuando, un golpe de viento las impedía escapar y entonces retornaban las toses y el lagrimeo.

Extendieron las ropas junto a las mantas para procurar el secado, aunque ambos sabían que eso tardaría en suceder. Aquella noche la tendrían que pasar semidesnudos y pegados al fuego, aún a riesgo de morir atufados por sus emanaciones.

De esta manera transcurrió un tiempo, largo como un suplicio, hasta que la sangre les distribuyó el calor por cada rincón del cuerpo. Sintieron arder el rostro y en las piernas se les dibujaron cabrillas rojas; entonces, Roger inspeccionó la estancia con un cabo de vela de sebo.

Realmente había poco que explorar. Salvo la hornacina en uno de sus muros, el resto de la habitación lo conformaban paredes desnudas.

Estaba en esa labor cuando un horrible estruendo se dejó oír sobre sus cabezas y las paredes temblaron, desprendiéndose parte del enlucido del techo. Mientras escuchaban deslizarse las piedras sobre sus cabezas y el entrechocar de rocas que se recolocaban por efecto del agua filtrada entre las capas superiores, un escalofrío recorrió a los caballeros.

Aquella habitación amenazaba con sepultarlos en cualquier momento. Después, el ruido cesó tan bruscamente como se había iniciado.

Roger observó durante unos segundos la ventisca que aullaba en el exterior. Interrogando con la mirada a su hermano en la fe; Guy se alzó de hombros, se recostó de nuevo contra la pared y cerró los ojos. Puestos a morir, tanto daba una forma como otra. Aquí, al menos, se está caliente, sentenció sin palabras.

Durante dos días estuvieron enterrados en aquel agujero; al tercero, vieron brillar de nuevo la luz del sol por el hueco de la entrada y sus corazones cobraron algún ánimo. La humedad había estropeado buena parte de sus víveres y no sabían de la mula desde que comenzó la tempestad. Era tiempo de escapar de la prisión.

En el exterior, el espectáculo era más amable, casi apacible. El sol arrancaba destellos de agua en las piedras y un arco iris inmenso enmarcaba una tregua de calma en el temporal. La mula, aunque no presentaba buen aspecto, todavía se encontraba atada y con vida, en el mismo lugar que la dejaron.

—Nos conformaremos con que sea capaz de cargar la talla sin que se le quiebren las patas. —Roger palpaba las ancas del animal sin hacerse demasiadas ilusiones.

—Necesitamos un par de caballerías —dijo Guy, mientras regresaban a la cueva, señalando la bolsa de cuero que colgaba de su cuello bajo la camisa.

—Es dinero de la Casa..., debemos entregarlo junto con el legado —reprochó Roger.

—Si no llegamos nosotros, no tendrán legado que recoger.

Su hermano estaba en lo cierto. Nadie tenía conocimiento de su viaje, exceptuando la célula de París, e incluso esta, con su desintegración, hacía tiempo que los había dejado abandonados a su suerte. Si Chatrian de Essex se encontraba tras su pista, no era debido a la delación de ninguno de sus hermanos sino a la labor de espías e informadores a sueldo que el Santo Oficio mantenía en los caminos de toda Francia.

—Iré yo solo, hasta la próxima población; de esa manera trataré de no despertar la curiosidad de las gentes. De cualquier forma, alguien ha de quedarse para guardar el real.

Guy no intentó contradecirle; frente a su propia impulsividad, la razón siempre prevalecía en las palabras del hermano Roger.

—Comamos lo que no se haya echado a perder y confiemos en que, junto con las monturas, encontréis a quien os quiera vender provisiones.

Sobre las piedras del hogar, depositaron sendos trozos de porcino que, al poco, crepitaban uniendo su prometedor aroma al de la madera quemada.

Roger, descansando contra el muro, dejaba hacer a su hermano en Dios, afanado en voltear la carne una y otra vez con la punta del canivete.

—¿En qué pensáis?

El caballero no obtuvo respuesta; Guy se dedicaba mecánicamente a su labor, con la mirada perdida en el juego de luces de la lumbre.

—Hermano…

Un pequeño sobresalto hizo retornar a Guy de sus pensamientos.

—Perdonadme —se disculpó algo azorado—. Me encontraba muy lejos de aquí.

—Os preguntaba por vuestros pensamientos.

Por toda respuesta, Guy hundió con fuerza el cuchillo en uno de los trozos que cocinaba y lo elevó hasta la altura de sus ojos.

—Vos estuvisteis allí; decidme…, ¿tardó mucho en morir?

Roger no respondió. Sabía perfectamente a quién se estaba refiriendo su hermano y le desagradaba hablar de un tema en el que ambos discrepaban profundamente: Jacques de Molay.

El hermano Guy respiraba por la herida. Para él, su último maestre resumía cuanto de malo había habido en el Temple. Inculto hasta el analfabetismo, le consideraba mezquino, traidor, ingenuo y egoísta hasta un grado que no podía perdonar, culpándole de todos los horrores acaecidos a la Orden en sus últimos tiempos. No obstante, Roger lo había conocido personalmente dos años antes de su caída en desgracia y consideraba que no podía achacársele otro pecado que no fuera el de infravalorar la situación política y no estar preparado para actuar ante la pérfida trama en que lo involucraron el rey de Francia y sus lacayos. Él era un maestre para tiempos de guerra que no supo enfrentarse a un conciliábulo que le cayó grande como ropa de muerto.

Guy no inquirió la respuesta; probablemente solo descargaba la amargura de sus recuerdos contra aquel pedazo de carne que colgaba del cuchillo, por eso Roger cerró los ojos fingiendo un duermevela que no lo comprometiese, sin embargo no encontró la manera de evitar que sus pensamientos volasen hasta aquella nefasta tarde del año anterior.

En la mañana de ese día, el maestre, junto con sus altos dignatarios, fueron sacados de las mazmorras reales y conducidos hasta Notre-Dame para que, desde el atrio de la catedral parisina, hiciesen pública fe de sus delitos, ya que, a lo largo de todo el proceso, sus carceleros no habían conseguido que apareciesen más que como lo que eran: simples víctimas, y el pueblo se preguntaba qué intereses inconfesables se ocultaban tras su persecución y martirio.

Les fue leída la condena: salvarían la vida, pero habrían de pasar en prisión el resto de su existencia. Aquello indignó a los reos que esperaban una condena menos severa, negociada previamente con sus captores. Jacques de Molay, sintiéndose traicionado, proclamó que todas las herejías y aberraciones imputadas a la Orden del Temple eran falsas y que, si las habían admitido anteriormente, no era más que por el temor a la tortura y engañados con falsas promesas, y que la Sagrada Orden seguía siendo lo que siempre fue: «Santa, Justa y Católica».

No le dejaron terminar su alegación; a empellones sacaron a los caballeros de la iglesia y aquella misma tarde, para no dar tiempo a que se preparase una revuelta popular, los llevaron a la isla de los Juncos, o de los Judíos como otros la llamaban, que no era más que un banco arenoso que dividía al Sena en dos brazos, para darlos lumbre. A la vista del cadalso, el maestre templario recuperó la dignidad que le había faltado en los interrogatorios.

Se desnudó, quedándose en camisa y fue conducido al poste donde lo maniataron; él hizo un ruego a su verdugo que le fue concedido: «Al menos dejadme que junte un poco las manos, ya que voy a morir. Dios sabe que muero injustamente. A vos, señor, os ruego que miréis a la virgen María, Madre de Jesucristo».

De esa manera, dejaron el siglo Jacques de Molay, Godofredo de Charnay y treinta y cinco templarios que los acompañaban.

Quizá provocada por el humo de la hoguera que ardía en su memoria, una lágrima se deslizó desde los ojos de Roger. Se la secó con el dorso de la mano mientras cambiaba de postura para que su flaqueza de ánimo no fuera descubierta por el hermano cocinero.

Al término de la ejecución, las gentes retornaron a la ciudad en las mismas barcas utilizadas para llegar, pero, al caer la noche, cuando ya se habían retirado los informadores de la Inquisición infiltrados entre el gentío y el sueño hacía que los escasos guardias dejados en el lugar relajasen el celo, muchos de ellos regresaron para cruzar a nado el brazo del río y retornar a la orilla llevando cenizas y restos carbonizados en el interior de la boca.

Para el pueblo sencillo, aquellas pavesas humanas estaban rodeadas de un aura mística y misteriosa, casi sagrada, y se guardaron o vendieron como auténticas reliquias de mártires.

Roger se estremeció como si, al igual que aquella noche aciaga, su cuerpo se hubiera sumergido de nuevo en las oscuras y frías aguas del Sena.

A la mañana siguiente, lo que quedaba de cenizas fue barrido como basura, puesto que excomulgados y herejes no tenían derecho a recibir sepultura en la tierra sacralizada de un cementerio.

—Tomad vuestra parte.

Roger escapó a la ensoñación con un sobresalto. Observó momentáneamente el trozo de carne braseada e hizo un ademán de rechazo. La visión le revolvía el estómago.

—Partiré ahora mismo. No sabemos a qué distancia nos encontramos de cualquier lugar habitado.

—Id armado.

—Tan solo con la daga. Un labriego con espada es como mosca en la leche.

—Como prefiráis —Guy lio el pedazo de puerco en un trapo encerado y se lo tendió.

—Lleváoslo para el camino. A la caída de la tarde, colocaré lazos en los pasos de los conejos, aunque con tanta agua caída…

El caballero tomó el envoltorio junto con un par de besantes de oro que le entregó su hermano y salió al exterior.

Las nubes no habían abandonado el paisaje y el sol pugnaba para que no lo ocultasen entre su algodón oscuro. Respiró hondo e inició el descenso hasta el camino, pero no habría andado más de cuatro pasos cuando algo reclamó su atención. Era un reflejo limpio y metálico, una luz plateada que hería su pupila obligándole a entornar los ojos. Abajo le aguardaba la silueta de un hombre a caballo.

Cuando pudo fijar la mirada, reconoció en el escudo las armas del caballero: dos leones rampantes enfrentados sobre un campo azur.

—¡Prepara tu muerte, perro templario! —gritó el guerrero.

—Chatrian de Essex, maldito imbécil —gruñó para sí mismo—; casi lo había olvidado.

Capítulo 7

Don Andrés sintió un ligero escalofrío. El jardín, que la esposa del hostelero mantenía frente a la entrada, era una invitación permanente al reposo y la lectura, pero, en esa época del año, recibía poco calor del sol y su sombra se tornaba húmeda y ciertamente desapacible.

Recogió el profesor los resúmenes, que Paulino le había dejado junto con el informe de la restauradora de la imagen, y el par de libros que había retirado de la biblioteca a primera hora de la mañana; y se disponía a buscar un lugar soleado donde dar lectura a toda la información acumulada, cuando sintió a su espalda el sonido de la bocina de un automóvil y la voz de alguien que reclamaba su atención.

El alcalde se apeó del todoterreno del Ayuntamiento que conducía y dio alcance al anciano.

—¿Cómo se encuentra? Lamento la brevedad de nuestro encuentro de ayer. No quisiera haberle parecido un maleducado, pero los arqueólogos tenían prisa por marcharse y don Paulino no quería dejar sin tratar antes conmigo un tema que lo tenía sumamente preocupado.

—¿Lo pudieron solventar? —inquirió don Andrés.

Sebas se alzó de hombros, como quitando hierro al asunto:

—Bueno…, hay que ver la forma de solucionarlo, pero no creo que tenga tanta importancia… Aun habiendo faltado una pieza, habrán recogido suficiente material como para estar estudiando durante meses. Me imagino que don Paulino ya le habrá informado de la sustracción.

—Acierta en lo de Paulino, pero yerra en su estimación de que se puede estudiar el yacimiento de igual forma. Ningún rompecabezas se puede resolver cuando faltan piezas.

El alcalde abrió la puerta del vehículo e invitó a subir al anciano.

—Voy hacia el depósito de agua; el yacimiento se encuentra de camino, si quiere, le puedo acercar.

Don Andrés negó con la cabeza, aunque después recapacitó:

—¿Lleva una cinta métrica en el coche?

—Puede que la haya en la caja de herramientas; espere un momento.

Rebuscó en la trasera del coche hasta encontrar lo que necesitaba:

—De veinticinco metros de longitud. ¿Le viene bien?

—Creo que valdrá. ¿Tardaremos en regresar?

—El tiempo que emplee en verificar la maquinaria de cloración. Hacia la hora de comer, podemos estar de vuelta.

Tomaron el camino de tierra que, hasta la bifurcación, corría paralelo a la carretera. Estaba lleno de baches y rodadas que la lluvia y las ruedas de los tractores habían labrado en el suelo arcilloso. Contrariamente a lo que esperaba el profesor, prosiguieron por él, ajenos a la comodidad del asfalto.

El profesor, asido al tirador del salpicadero, capeaba el vaivén del todoterreno de la mejor manera posible, rogando en su interior que el suplicio no se prolongase demasiado.

—Usted también es arqueólogo, ¿verdad? —El alcalde interpretó como una afirmación el movimiento de cabeza que la travesía de un socavón provocó en su interlocutor y prosiguió—: ¿Qué hacen con los materiales del yacimiento una vez que se han llevado a la ciudad?

—Se depositan en las instalaciones que la Comunidad tiene para tal efecto. Allí se los somete a un proceso de consolidación, se analizan y estudian.

—¿Y después?

—¿Después? —carraspeó—. Con todos los datos recogidos, se hace un informe lo más preciso y documentado posible, que pueda servir de ayuda en eventuales investigaciones posteriores.

—Eso está bien, pero no es lo que le pregunto. Lo que pretendo saber es qué hacen exactamente con los objetos que se han obtenido en la excavación.

—Pasan a engrosar los fondos de los museos.

—En cristiano quiere decir que se almacenan en algún sótano y ya nadie los vuelve a ver, ¿no es cierto?

—Normalmente son las direcciones de los museos quienes deciden si deben ser expuestos o no. Depende de muchos factores: salas temáticas, exposiciones, centenarios, monografías… Por lo general, en exposición permanente se mantiene entre un diez y un quince por ciento de los fondos museísticos; comprenda usted que no habría espacio material para mostrarlo todo.

—¿No sería mejor que los objetos encontrados se mantuviesen en el lugar del hallazgo en vez de centralizados en museos en los que, posiblemente, no vuelvan a verse? Eso sería también fuente de riqueza en las comarcas, porque atrae al turismo.

El profesor meditó la respuesta. Recordaba las palabras del párroco, llamando a prudencia en un tema similar. El pueblo se sintió estafado cuando dejaron salir una imagen para su restauración y solo regresó una copia. Tiempo después podría darse otra historia parecida.

—No existe presupuesto que pueda resistir la sangría de mantener miles de pequeños museos diseminados por toda la geografía, a excepción de los que se levantan al pie mismo de yacimientos cuya excavación se prevé que se prolongará en el tiempo —suavizó—. Lo que usted propone sería el paraíso para expoliadores y buscatesoros y conseguiría que muchas piezas, y con ellas la información que pudieran aportar, desapareciesen para siempre.

Sebastián hizo un mohín impreciso; era evidente que las razones del profesor no le habían convencido. De cualquier forma, el mutismo no se prolongó en exceso. El alcalde pisó el freno y el vehículo se detuvo entre una cortina de salpicaduras.

—Le recogeré al regreso —prometió secamente al arqueólogo mientras le tendía la cinta métrica.

—¿Hemos llegado?

Sebastián había estacionado el vehículo en un recodo del camino junto al arranque del barranco. Al frente, podían ver la carretera en ese tramo perpendicular al camino, pero ni la ermita ni el subterráneo de la atalaya quedaban a la vista.

—Dé la vuelta al montículo y encontrará lo que busca. Este camino puede ser incómodo, pero por él se acorta bastante.

Sebastián vio alejarse a su acompañante por el estrecho sendero con su paso siempre precario y dudó en poner en marcha el automóvil.

—¿Estará usted bien?

—No se preocupe por mí y cuide de los libros que dejo en el coche.

—Tardaré lo menos posible.

El profesor se despidió con el bastón en alto y retomó el sendero mientras oía alejarse el vehículo.

Siguiendo las indicaciones municipales, encontró sin pérdida lo que buscaba.

Del trabajo de los arqueólogos solo habían quedado dos montones de tierra cribada y el pie de andamio que aseguraba la entrada al subterráneo. Levantó la cortina de plástico y oteó el interior: vacío. Aseguró entonces el extremo de la cinta métrica en un saliente de la estructura tubular y dejó que la banda milimetrada se deslizase tras él, mientras avanzaba entre las piedras desprendidas con toda la precaución posible. Tuvo que realizar medidas parciales hasta sumar los trescientos veintiséis metros que separaban la excavación de la ermita.

Rebobinó la cinta métrica, mientras consideraba que la distancia no era excesiva para que una persona transportase un peso de…, por cierto, ¿cuánto era? Se felicitó por no haber dejado también en el todoterreno el informe de la restauradora que le proporcionara don Agustín, porque dos renglones más abajo de las medidas pudo encontrar el dato que precisaba: veintisiete kilos y trescientos sesenta gramos. Bueno, no era demasiado para una talla de sus dimensiones y cargar con ella hasta el camino para llevarla al pueblo tampoco sería tarea imposible para una persona medianamente constituida o, quizá, ayudada por una acémila. ¿Por qué no? Aquello encajaba.

Repentinamente alegre, se dispuso a esperar a Sebastián, leyendo sin prisas bajo el atrio de la ermita cerrada.

De regreso al pueblo, encontró a Kiko en la puerta de la fonda. Tenía para el profesor dos folios escritos a mano con el resultado de su investigación en la biblioteca del colegio.

—Existen dos enclaves templarios en la comarca. Uno es el castillo de Montalbán y el otro la ermita visigoda de Nuestra Señora de Melque —le comunicó en el tiempo que tardó la esposa del hostelero en colocar el mantel y los cubiertos sobre la mesa.

—Hoy tenemos cocidito de puchero, don Andrés, ¿le hace?

—Lo que usted disponga, Amparo. De la cocina llega un olorcillo que promete el paraíso…

Mientras la mujer, ampulosa y ufana, regresaba a por los platos, el profesor echó un vistazo a los datos recogidos por el muchacho.

—Esto está muy bien —los plegó y guardó en el bolsillo superior de su camisa—. Me gustaría pedirte otro favor.

—Usted dirá.

El profesor se acercó a Kiko para hablarle en tono confidencial:

—¿Te acuerdas de la corona de oro que vimos en el yacimiento la otra tarde?

—¿La que tenía uno de los muertos en la mano?

—La misma. Poco después de nuestra visita desapareció sin dejar rastro. Paulino me ha encargado dar con ella y con quien la sustrajo; de lo contrario, habrá que dar cuenta de ello a la Guardia Civil. ¿Podrías ayudarme a encontrarla?

—¿De qué manera?

—Buscando pistas. No sé..., quizá preguntando a tus amigos. Es posible que alguno de ellos haya oído algo que en principio pudiera parecer poco importante, pero... Tengo que confiarte que ando bastante despistado en el asunto.

—Haré lo posible, aunque no se me ocurre quién podría haber hecho una cosa así.

—En eso coincidimos.

—Ah, se me olvidaba —le comunicó Kiko camino de la calle—... Don Agustín le espera para tomar café; me encargó que se lo dijera.

En ese momento, llegó Amparo con un plato de sopa humeante.

—Si la deja enfriar, me enfado.

El profesor agradeció el interés de la mujer con una sonrisa y dio buena cuenta de la comida. Fue al finalizar, cuando comenzó a sonarle el teléfono. En la pantalla aparecía el nombre de Paulino.

—Dime, hijo.

—Espero no haberle molestado...

—Tú nunca lo haces, además, terminaba de comer en estos momentos.

—¿Ha podido averiguar algo sobre la desaparición?

—Dame tiempo; tengo algunas ideas —aseguró sin convicción.

—Disculpe mi impaciencia; no le llamo para eso, pero no lo pude evitar… Esta mañana estuve en la facultad acompañando al forense en una inspección preliminar de los restos.

—¿Algo interesante?

—Según. Solo ha sido una sesión preparatoria. Parece ser que nos encontramos ante auténticos caballeros curtidos en cien batallas; ambos cuerpos presentan escoriaciones óseas de escasa profundidad, que parecen indicar una vida dedicada a las armas. En todas ellas se evidencian signos de recuperación, lo que indica que ninguna fue la que motivó su defunción. Sin embargo, el forense piensa que puede establecer el motivo del óbito…

—¿Enfermedad?

—No; muerte violenta en ambos casos. «A» o Antonio, recuerde usted, el que portaba sobre sí la corona desaparecida, presenta una incisión cónica perpendicular en una de las vértebras lumbares que no manifiesta trazas de cicatrización. El doctor Fonseca estima que pudo ser producida por un objeto punzante, lanza, flecha u otro similar. Ni daga ni espada, puesto que la incisión es demasiado gruesa.

—¿Y el otro?

—En Bernabé, las causas de la muerte son menos complicadas de establecer porque está mejor conservado. Presenta una…

—¡Pero, hombre; pero, hombre...! ¡Si arrastras antes, nos comemos el tres y no me sacan a mí el cante!

Se organizó un pequeño revuelo en el comedor. Los jugadores de cartas dirimían sus diferencias en voz alta.

—A ver, los del tute —medió el dueño del establecimiento—..., que hay personas que están hablando por teléfono.

—Si es este, que no sabe jugar...

—El tute lo inventó un mudo...

—Di que sí, Marcelo...

Para cuando el tumulto se hubo calmado, don Andrés ya había concluido la conversación telefónica. El hostelero colocaba la porta en la cafetera, pero el profesor lo detuvo:

—Déjelo, Marcelo; lo tomaré en casa del párroco.

—Ah, el bueno de don Agustín; excelente persona. —«Muy... cabezota», pensó—. Algo suyo —dijo—. Recuérdele de mi parte que el sábado a las siete comienza el torneo de mus. Que no se le ocurra faltar.

—Descuide. Le daré su recado.

Con el cuaderno de trabajo bajo el brazo, cruzó la plaza camino de la casa parroquial, ante cuya puerta esperaba aparcado el vehículo del Ayuntamiento.

Cuando entró, sobre la mesa aguardaba una taza de café caliente, por lo que dedujo que Manuela lo había visto llegar desde la ventana de la salita. Como había supuesto, junto a ambos hermanos, esperaba Sebastián para iniciar la sobremesa.

—¿Le ha servido de algo el viaje de esta mañana? —preguntó a modo de bienvenida.

El profesor enarboló el cuaderno de notas asintiendo:

—Déjeme organizar mis apuntes. Dispersos, de poco sirven, pero, unidos de forma conveniente, están tratando de contarnos una historia. Por cierto, y hablando de esta... Kiko me ha traído unos folios sobre el castillo de Montalbán y la ermita de Melque, ¿conocen ambos lugares?

Todos los presentes asintieron, pero fue don Agustín quien tomó la palabra:

—El recinto del castillo no está demasiado mal; aún se puede visitar, aunque no este año. Un águila real ha elegido sus muros para anidar y se la está protegiendo de extraños. Melque se encuentra como a tres kilómetros de allí. Hace dos años, daba gloria visitarla. La estaban restaurando y el evento se anunciaba con grandes carteles... La semana pasada, bajando de La Puebla de Montalbán de oficiar misa, decidí darme una vuelta para ver lo avanzado de la labor. ¡Para qué iría...!: la alambrada estaba por los suelos, el trabajo, abandonado y del guarda no vi ni la gorra. ¡Ay, Sebas!, si Melque, con sus once siglos a cuestas, no ha conseguido despertar el interés de los turistas, no esperes que ningún autocar llegue hasta la Atalayuela para ver ¿qué?.. Cuatro paredes desnudas. Hijo, lo que allí tenemos no es precisamente la catedral de León...

—Esa idea ya está desechada.

El alcalde, de repente, sintió sobre sí todas las miradas y sonrió maliciosamente.

—Ello implicaría hacer obras de acondicionamiento del terreno —aclaró—. No sé... Comprar un solar donde construir aparcamientos, servicios, algún merendero... Supondría una inversión que el Ayuntamiento nunca recuperaría y, lo que es peor, que el concejal de la oposición nos estaría arrojando a la cara en cada pleno. Pero no se precipiten en su alegría, hemos tenido una idea mejor: vamos a instalar un museo etnológico en el pueblo y en él recogeremos todo lo que forma parte de su historia. ¿Qué les parece?

—Eso es otra cosa. No estaría nada mal si…

—Lo que nos obligará a reclamar, para él —prosiguió sin esperar a que el cura concluyese la frase—, cualquier pieza de interés histórico encontrada en su término municipal.

Don Agustín frunció el entrecejo a la vez que reclamaba socorro del profesor, quien, sin embargo, no prestó demasiada atención a la solicitud.

—Si consiguen unas instalaciones que reúnan las condiciones de mantenimiento y seguridad que requiere un museo, quizá mi experiencia pudiera servirle en sus gestiones ante el departamento de arqueología de la Comunidad Autónoma —se ofreció don Andrés.

El alcalde agradeció la oferta con una sonrisa y todos quedaron esperando una contestación similar por parte del párroco quien, ante lo irremediable, se alzó de hombros:

—Está bien; yo haría otro tanto en el arzobispado… Pero no prometo nada porque la imagen ya se encuentra en exposición pública y alegarán que el Museo Diocesano reúne mejores condiciones.

—¿Y si se demuestra que la imagen está en relación directa con el yacimiento? —La pregunta que el profesor dejó en el aire hizo que todos guardaran silencio.

—No creo que tengan nada que ver… —El sacerdote persistía en su convicción.

—De acuerdo, pero ¿si se consiguiese?

—Aún así, no hay garantía alguna de que el museo aceptase desprenderse de una pieza de tal entidad. —Don Agustín no tenía intención de ceder ni un palmo de terreno.

—Ni falta que haría —intervino el alcalde—. Nos conformaríamos con que nos la cediese periódicamente. Digamos que algo así como en exposición temporal, en fechas señaladas.

—Estamos yendo demasiado lejos. Todo lo basan ustedes en una conexión indemostrable —opuso Manolita.

Don Andrés apuró el café con parsimonia, mientras dirigía a Manuela una sonrisa de agradecimiento que la mujer le devolvió.

—Hay una forma de hacerlo, mejor dicho, la hubo —don Andrés dejó la taza en la bandeja y tomó una mantecada de aceite, dando tiempo para que sus interlocutores asimilasen sus palabras.

—Explíquese; ¿qué es eso de que hubo, pero ya no hay? —se interesó el párroco.

—¿Qué pensarían ustedes si la corona desaparecida coincidiese exactamente en las cuatro muescas asimétricas, que se pueden observar en la cabeza de la imagen central del retablo?

El alcalde, interesado, entrecerró los ojos. Fue en don Agustín en quien se pudo apreciar cierta inseguridad en la voz:

—No pretenderá usted en serio que…

—Que la imagen fue sustraída de la cripta de los templarios.

—Pero eso es una... Una...

—Una simple hipótesis, ya que al desaparecer la pieza no existe forma de comprobarlo.

—¡Nada de hipótesis! ¡Una herejía, eso es lo que es!

—Agustín —intervino el alcalde—, hace tiempo que la Inquisición no lleva a nadie a la hoguera por ese motivo, además, reconócenos que lo que propone el profesor es, cuanto menos, sugerente.

—Eso implicaría que toda la historia de su aparición es falsa —El enfado del clérigo iba en aumento.

—Falsa, no, distinta —acotó el profesor—. El milagro fue encontrar la talla en un estado de conservación admirable. Los truenos, centellas y demás parafernalia, forman parte de la tramoya.

El alcalde intervino antes de que el párroco fuese capaz de replicar.

—Eso ahora es un detalle sin importancia. Lo prioritario debería ser corroborar la sospecha.

—No es posible; ya saben que la corona desapareció. —Manuela apartó su atención de las hojas del libro para hacer la aclaración, mientras el resto de los contertulios permanecían sumidos en sus propios pensamientos, pero don Agustín no estaba dispuesto a rendir plaza.

—Miren, ustedes; planteamientos tan osados, sin el respaldo de una base firme, únicamente producen incertidumbre. Se basan en pruebas circunstanciales, elucubraciones sin fundamento. En esas condiciones, mejor sería guardar una prudente reserva, ¿no creen?

—No lo tome por la tremenda, solo estoy proponiendo una hipótesis de trabajo. Por otra parte, no tengo más remedio que estar de acuerdo con usted porque no tengo medios, ni tiempo me queda para probarla. Mañana o pasado, a lo sumo, debo regresar a casa, no sin antes denunciar el caso ante la Guardia Civil; mucho me temo que en eso parará todo.

—No puedo hacer otra cosa que alegrarme de su vuelta a la cordura. —El párroco adoptó una actitud paternalista—. Comprenda..., propone cosas tan peregrinas... ¡Ja!, templarios enterrados a corta distancia de su encomienda con todas sus pertenencias, no es verosímil.

—Los enterramientos atípicos son siempre singulares.

—Pero suceden de forma fortuita, derrumbes, catástrofes naturales, epidemias..., hechos que obligan a actuar con precipitación y no de forma tan minuciosa como, al parecer, se puede constatar aquí. —Don Agustín recabó el apoyo del alcalde para sus últimas palabras, pero este se mantuvo a distancia de la polémica:

—Créanme; la diferencia de sus puntos de vista carece de interés para la corporación municipal.

Inesperadamente, Manuela cerró el libro con un gesto seco; las lentes que utilizaba para leer pendían de la cadena del cuello y se entreveía la contrariedad en el tono de su voz:

—¡Hombres! La única inquietud que les ocupa es conseguir que su opinión prevalezca sobre la de los demás sin atender a razones. Me distraen ustedes; iré a preparar la cena, ya que no me dejan leer con un mínimo de sosiego.

Dejó el volumen sobre la butaca, como reservando el sitio, y se dispuso a salir de la estancia. A mitad de camino, cambió de opinión:

—¿No se les ocurre pensar que lo que a todas luces consideran un enterramiento, pudiera no serlo? ¿Y si no se tratase más que de un depósito, un almacén de algo que se guarda para recuperarlo con posterioridad?

—Eso no es probable, Manuela; ¿qué necesidad habría de hacerlo?

La mujer no permitió que su hermano prosiguiera. Buscó un libro en la estantería y lo hojeó hasta dar con lo que andaba buscando. Comenzó a hablar sin prisas, a la vez que requería del volumen apoyo para su memoria sobre fechas concretas, ya que las líneas generales de su relato parecía conocerlas sobradamente:

—París, viernes trece de mil trescientos siete. Es detenido Jacques de Molay, el último maestre del Temple. Da comienzo la caza del caballero. Allí donde se los encuentra, son retenidos o encarcelados en tan gran número que no hay celdas para tantos y no queda más remedio que retenerlos en sus mismas encomiendas. A partir de este momento, los templarios son considerados proscritos, muchos se ocultan fuera de sus conventos y otros escapan hacia Inglaterra, Italia, España o Alemania, donde la persecución comienza más tarde y, aun así, es menos virulenta que en el país galo… Ahí está el motivo que parece faltarles a ustedes: caballeros franceses huyendo con posesiones de la Orden.

—¿Qué posesiones? —se alertó el párroco—. ¡No habrás caído tú también en la trampa de la imagen templaria! De haber sido así, la hubiesen entregado en Montalbán y santas pascuas.

—No tenemos certeza de que ese fuera su destino, además, es posible que, para cuando aparecieran por el castillo, este se encontrara ya en manos de Fernando IV de Castilla o, quizá también, llegaran allí tiempo más tarde, cuando el castillo estaba en poder de Pedro I el Cruel, o el Justiciero, según quien cuente la historia. ¿Recuerdan aquello del Trastámara que volteó Du Guesclín diciendo: «Ni quito ni pongo rey, pero ayudo a mi señor»?...

—¡Oh, no; tengo al enemigo en casa...! ¿Cómo se te ocurre...?

—Se me ocurre que si no preparo la cena, ayunaremos sin estar en Cuaresma. Recuerden, a veces las cosas no son lo que parecen.

Manolita guardó el libro y, dejando la frase en el aire, sin esperar respuesta por parte de sus oyentes, abandonó la salita.

—No den ustedes demasiada importancia a sus palabras, mi hermana es muy influenciable.

—Es posible que se encuentre más cerca de la verdad de lo que suponemos. —Sebastián estaba casi convencido—. ¿Por qué no?

—¡Pues porque no! La virgen es una pieza de valor hoy en día, cuando ya han caído cientos de años de polvo sobre sus hombros, aunque, en sus tiempos, no debió de ser algo fuera de lo común. Hermosa, sí, pero... ¿por qué digna de tanto empeño? Un viaje tan largo, ¡a causa de una simple talla de madera!

Don Andrés carraspeó levemente para atajar la perorata del cura.

—El informe de la restauradora, el que usted me facilitó, ¿lo leyó alguna vez?

—Completo, no. Me pierdo entre tecnicismos y productos químicos; no soy experto en la materia.

—De haberlo hecho, se daría cuenta de que el argumento que está exponiendo se encuentra falto de rigor. Esa imagen, en sus días, fue muy importante por otros aspectos ajenos a su calidad plástica.

Don Agustín no quiso demostrar el interés que las palabras del profesor despertaron en él y permaneció callado; tenía la certeza de que si preguntaba, lo iba a enredar en un nuevo punto a debatir, sin embargo, el alcalde no tenía tantos reparos.

—¿Qué aspectos?

—Permítame que espere a recuperar la corona para exponer mis argumentos, solo así podría demostrar que el yacimiento y la imagen están interrelacionados. Bien pudiera ser que estuviéramos hablando de dos tallas distintas y don Agustín tratase de pasarme factura después por la tortura a que lo estamos sometiendo esta tarde… Eso me recuerda que debo entrevistarme hoy mismo con otra persona.

Sebastián miró su reloj con relativa alarma.

—Es tarde. Tengo que ir al despacho o adquiriré mala fama. ¿Quiere que le deje en algún sitio? —preguntó al profesor.

—Quisiera hablar con Venancio, ¿está en su camino?

—Como si lo estuviera, hombre; en los pueblos no hay distancias.

El vehículo ronroneó agradecido cuando el alcalde lo detuvo al final de la empinada cuesta. Sebastián señaló la fachada del edificio que tenían ante sí, a la vez que preguntaba:

—¿Es cierto que nos dejará usted pronto?

Don Andrés asintió.

—Dentro de un par de días. Mañana quiero hacer una pequeña excursión, a Toledo. Por cierto, ¿en el ayuntamiento tienen el horario de los autocares de línea?

El edil hizo un gesto cercano al asentimiento, a la vez que una oferta.

—Mañana irá nuestro alguacil a presentar unos documentos en la sede de la Comunidad, si lo prefiere, puedo pedirle a Damián que pase a recogerle.

Se despidieron con un apretón de manos y luego el vehículo se alejó calle abajo.

Don Andrés se encontraba ante la entrada de un antiguo caserón de dos plantas. No tuvo oportunidad de pulsar el timbre porque, en ese momento, el portalón verde del patio se abrió para dejar salir a un vehículo a cuyo conductor reconoció en el acto. Obedeciendo a un gesto de su mano, el coche se detuvo.

—Con usted quería hablar, si no tiene inconveniente.

—Suba; voy hacia la viña. Si los arqueólogos han dejado el agujero de la Atalayuela habitable, quizá pueda ponerle una puerta para guardar allí aperos de labor. Además, quería yo preguntarle…, pero suba, hombre; no se quede ahí.

—No lo va a creer, pero será la segunda vez que visite hoy aquello.

Venancio entrecerró los ojos para atisbar el cielo a través del parabrisas.

Tenemos suerte: toca espectáculo. Si no se malogra, habrá un atardecer similar al del otro día. —Esperó a que el profesor se hubiera acomodado para comenzar la conversación—. ¿Cómo va todo? Tenía intención de acercarme a verle esta noche. Me ha contado Kiko que los templarios también eran negociantes, pero yo tenía, corríjame si estoy equivocado, otra imagen de ellos. Lo de las cruzadas y la lucha contra el turco, bien, pero siempre he considerado a los templarios poco menos que brujos o nigromantes que, ocultos tras una apariencia de caballeros, constituían una secta de intenciones más que dudosas. He visto películas y leído libros que trataban sobre sus misteriosos conocimientos y su plan secreto para instaurar un nuevo orden mundial.

—«La sinarquía».

—Eso mismo; aunque reconozco que no sé bien qué significa.

—Lo que usted acaba de proponer: un plan silencioso y universal que habría de preparar al mundo para la venida de un nuevo Mesías, más o menos humano, bajo cuyo mandato se unirían, armonizadas para siempre, las religiones cristiana e islámica. Pero no haga usted demasiado caso. A raíz de su persecución, proceso y muerte, les fueron atribuidas muchas culpas que nunca se han podido probar.

—Entonces, ¿por qué se les persiguió con tanta saña?

—Felipe el Hermoso, o Philippe le Belle, como le llamaban sus súbditos, el rey francés, siempre anduvo corto de dineros. Expulsó a los judíos para requisar sus bienes, pero solo fue una medida válida temporalmente ya que, no mucho después, se vio obligado a recortar el valor de la moneda, otra medida impopular que le valió una revuelta que si no acabó con su vida fue gracias a que los templarios le dieron refugio en su encomienda parisina. Quizá, en esos días, los caballeros le mostraran el inmenso tesoro de su Orden que guardaban en los bajos de la torre y despertaran la codicia del rey.

—Lo que significa que su leyenda no es más que un producto comercial.

—Yo no diría tanto. Las extrañas circunstancias en las que se desarrolló la ruina del Temple es un pozo sin fondo en el que han bebido muchos estudiosos, removiendo sus aguas hasta enturbiarlas. Estas historias, de escaso fundamento, empiezan a elaborarse cuatrocientos años después de su desaparición. Tenga en cuenta que, en el proceso que siguió a su detención, únicamente se les acusa de herejes, es decir, de practicar la religión cristiana de forma no refrendada por la Iglesia oficial. En el tiempo que dura su tormento, los templarios se auto-acusan de diversos delitos, entre ellos el de adorar ídolos llamados «mahometes» o «bafomets», de incierta morfología, pero, a poco que se revisen estas declaraciones obtenidas bajo tortura, se puede advertir que, aparte de describirlos como «figuras diabólicas», nadie da cuenta clara de su forma o materia. También se les acusó de convertir la ceremonia de admisión en la Orden en un rito iniciático en el que se renegaba de Cristo y se escupía sobre un crucifijo para después pisotearlo.

—Pero todo el mundo sabe que las declaraciones obtenidas bajo tortura no pueden ser admitidas por ningún tribunal. Debieron recurrir a estamentos superiores para que actuaran en su defensa.

—Sería un error contemplar aquellos sucesos con mentalidad actual; eran otros tiempos y se funcionaba de distinta forma. Si después de firmada la declaración inculpatoria el reo se desdecía de ella alegando que lo reconocido con anterioridad era falso o inducido por el tormento, se le consideraba relapso, algo así como falso arrepentido, y se agravaba su condena. Como apreciará, era escapar de la sartén para caer en el fuego... Disculpe, no es una frase demasiado afortunada. Si ellos no pudieron acusarles de nigromantes en sus días, ¿cómo podría considerárseles de tal forma cientos de años después?

—Es decepcionante saber que la pretendida imagen ocultista de los templarios no es más que otra leyenda.

—Hasta cierto punto, intencionada. La idea aparece en el siglo dieciocho. Uno de los primeros grupos que se encargaron de divulgarla fue la agrupación masónica inglesa para proveerse de una coartada histórica que justificase la fundación de su logia. Debe recordar que la palabra «masón», proviene del francés *maçon*, con significado de albañil, alarife o constructor, y es sabido que este era un gremio especialmente protegido por la Orden.

—¿Por algún motivo especial?

—Los templarios siempre buscaron y protegieron el Conocimiento, el Saber con mayúsculas, reservado a unos pocos iniciados. No olvide que los constructores, incluya en el grupo, además de a los maestros, a los canteros, albañiles, carpinteros, vidrieros y todo aquel que trabaja en la gran obra que es una iglesia, recogen en su gremio todo el conocimiento que tradicionalmente arrastra la especialidad, y al que los aprendices acceden a través de grados y escalas. Pocos son los que superan los estados básicos, pero quienes persisten hasta el Conocimiento Final logran formar parte de la reducida élite de Grandes Maestros que conocen y manejan el número áureo, la sagrada proporción, que se jactan, incluso, de conocer el punto exacto de la catedral donde, con la sola presión de una mano, podría derribarse la obra entera.

Venancio detuvo el vehículo en la entrada de un campo de labor; apagó el motor y buscó acomodo en el asiento.

—Prosiga, por favor —dijo.

—¿No llegamos hasta la Atalayuela?

—Más tarde. Ahora prefiero seguir escuchándole.

En el rostro del profesor apareció una sonrisa.

—Poco más le voy a poder explicar. —Comenzó por negar, pero también se acomodó en el respaldo—. El hecho de que los masones ingleses trataran de atribuir una herencia templaria a sus orígenes está tomado por los pelos.

—Una pura invención… —En aquellos momentos, Venancio parecía dispuesto a tirar la toalla, pero las siguientes palabras de don Andrés le hicieron recobrar la esperanza.

—Detrás de cualquier hecho histórico en apariencia conocido y sobradamente documentado, se esconden muchos años de interpretaciones equivocadas porque nada es lineal ni sencillo. De intentar simplificar algo tan complejo como es la historia devienen numerosos errores.

—Y ese, según usted, es el caso de los templarios.

—No me ha entendido. Quiero decir que su propia historia es tan rica en misterios que sobran los que les regalaron posteriormente. ¿Cómo entender el hecho de que su último maestre, Jacques de Molay, fuese, no ya inculto, sino analfabeto? Cierto es que, en aquella época, lo era la mayoría de la población, pero ninguno estaba al frente de una organización tan importante... Ese hecho ha permitido sospechar a algunos estudiosos del tema sobre la posible existencia de un segundo, mejor dicho, un primer maestre de la Orden, oculto en las sombras.

»Otro misterio es el tan traído carro de heno que abandonó el Temple de París la noche anterior al apresamiento de los caballeros. ¿Qué portaba oculto bajo la paja? Según algunas opiniones, sería la parte más importante del tesoro de la Orden. Los esbirros del hermoso Felipe no encontraron en la cámara del tesoro todas las riquezas que esperaban... ¿Qué podía transportar entonces el carro?, ¿los archivos secretos de la Orden? Una organización tan vasta debió de generar, necesariamente, multitud de documentos de los que han llegado hasta nosotros una muestra escasa.

—Pudieron sacar a escondidas a alguna persona...

—Sin duda; pero quizá también trataron de poner a salvo sus reliquias. Todo es conjetura.

—¿Tantas poseían?

—Muchas de ellas las obtuvieron en sus años de permanencia en Tierra Santa. A saber: la Santa Espina que florecía el día de Viernes Santo, al ser elevada por el capellán en la misa; la lanza con la que el centurión Longinos hendió el costado del Señor en la cruz y que había sido encontrada de forma aparentemente prodigiosa en Antioquía; la venerada imagen de Nuestra Señora del Templo que los acompañó desde la mezquita de Al-Aqsa hasta el país galo; un trozo de la Vera Cruz que Saladino entregó a Ricardo Corazón de León como parte del rescate de los musulmanes de San Juan de Acre, cuando esta cayó en manos cristianas… ¿Le parecen pocos misterios?, pues ahí va alguno más: ¿cómo es posible que una organización tan enraizada en la sociedad de su tiempo, que tenía miembros y espías en cualquier estamento civil o religioso —hasta el camarero del Papa era templario—, no supiera con antelación el día y la hora en que iban a ser detenidos? Y si lo supieron, ¿por qué se dejaron prender como corderos cuando poseían un ejército que hubiera podido oponerse, sin grandes contratiempos, a los hombres del rey? Observe que los hay para todos los gustos, escoja usted el misterio que prefiera.

Venancio se rebulló en el asiento; todo era demasiado complicado, pero estaba de acuerdo con don Andrés, algo había en la historia de los templarios que trascendía los siglos manteniéndola fresca y seductora.

Puso en marcha el cuatro por cuatro, encajó la primera velocidad y mientras el automóvil avanzaba sin premuras, señaló hacia el horizonte.

—¿No le dije que merecía la pena llegar hasta aquí?

Mantuvo el vehículo al ralentí durante el tiempo que duró la puesta del sol y después giró el volante para hacer el camino inverso.

—Mañana echaré un vistazo al agujero de la atalaya; ahora no hay luz.

De regreso al pueblo, Venancio dejó al profesor ante la puerta de La Estrella. Las bicicletas de Kiko y Marta estaban apoyadas contra el seto de aligustre y ambos muchachos esperaban dentro, sentados ante el televisor de la sala. Don Andrés pidió una infusión de manzanilla con anises, en la barra, y se la llevó hasta la mesa de los chicos.

—¿Os apetece un refresco?

—No; se lo agradecemos. Le hemos buscado por todo el pueblo —dijo Marta—. Encontramos al de la corona.

El profesor no había hecho más que llevar la taza a sus labios, pero la depositó de nuevo en el plato sin llegar a probar la infusión.

—¿Estáis seguros?

Kiko matizó las palabras de su amiga.

—Nosotros, no, pero encontramos a la persona que lo conoce.

VIII
El duelo

—¡Tuvisteis la oportunidad de salvar la vida y regresar a vuestras tierras; ahora, la suerte os ha vuelto la espalda! —Roger estaba enfurecido.

Había regresado al cubil y, a tientas, buscaba las armas entre los pertrechos apilados contra el muro. Guy, adivinando sus intenciones, intentó retenerlo.

—No cometáis locuras; tratemos con él.

—Imposible; Chatrian es buitre en busca de carroña y no se irá sin ella.

Al fin, encontró la espada y regresó al exterior.

—Revestíos de cota de malla; él irá acorazado —aconsejó Guy ante lo inevitable.

—Me bastaría con el cuchillo para acabar con él. Guardaos de intervenir, aún se os puede leer la debilidad en el rostro.

Seguido de lejos por su hermano, Roger bajó hasta el camino para enfrentarse a su rival. Clavó, desafiante, la espada en tierra y, apoyando ambas manos en los gavilanes de la empuñadura, espetó seco:

—Aquí se acaba el camino. Dad media vuelta o preparaos a morir como cristiano. Vos decidís.

El caballo corcoveó nervioso y Chatrian tensó las riendas.

—Solo me interesa lo que transportáis; entregádmelo y os permitiré continuar vivos.

—Acabáis de tomar vuestra decisión. Desmontad; eso igualará el combate.

Una carcajada se dejó oír tras el casco del caballero inglés, que hizo caracolear a su montura en un giro completo y picó espuelas, exclamando mientras avanzaba:

—Sé que la caballería me da cierta ventaja, pero, ¿quién ha dicho que no tenga intención de utilizarla?

Roger rodó por tierra para no sucumbir bajo las patas del animal, mientras la maza de su enemigo pasaba silbando a escasos centímetros de su cabeza.

Cubierto de barro, se incorporó de nuevo en el tiempo que el de Essex frenaba su montura y la obligaba a regresar sobre sus pasos. El inglés renovó el ataque envuelto entre el vaho de la respiración alterada de la bestia y las salpicaduras de sus cascos.

Roger, a pie firme, aguardó la acometida; en vez de levantar la espada, atrasó ambos brazos para tajar en media luna. Cuando el enemigo llegó a su altura, con un giro completo para tomar impulso, arrojó la espada entre las patas del animal y saltó de costado. El grito de dolor que escapó de su garganta, al sentir contra la espalda los cascos de la montura, se perdió entre el relincho agónico que esta profirió mientras rodaba por el suelo junto con su amo.

Costó trabajo al templario erguirse sobre las piernas; un dolor punzante le recorría la columna desde la cadera izquierda hasta la nuca, y la mano del mismo costado parecía estar dislocada. Se entretuvo el tiempo preciso para reorganizar sus huesos y, con paso inseguro, se dirigió hacia el rival que yacía boca abajo con los brazos extendidos y una fuerte conmoción, a juzgar por los gemidos sordos que emitía desde la semi inconsciencia.

El caballo pateaba frenéticamente, intentando incorporarse sobre los cuartos traseros; Roger los rodeó para examinar las heridas de sus patas anteriores. La espada le había producido daños irreversibles en ambas extremidades. El noble bruto no tenía salvación.

El caballero templario acabó con los sufrimientos del animal de la forma más breve posible y, tras limpiar su daga curva contra las gualdrapas del cadáver, se dirigió en busca de su enemigo dispuesto a finalizar todo aquello.

El casco del inglés había rodado unos metros por delante. Tiró de la cofa y dejó su cabeza al descubierto. Asiéndole por el ensangrentado cabello, jaló de él para pasar el cuchillo bajo su garganta, arrancando un profundo lamento a su víctima.

La voz que abogaba por el enemigo caído lo detuvo.

—No lo hagáis, Roger; es sangre de cristiano la que vais a derramar.

—Es preciso acabar con la persecución.

—Ya ha finalizado. No tiene montura, ni armas... Con el honor ahogado en el barro sobre el que se revuelca, ¿qué daño puede hacer? Dejadlo ir.

Roger miró a su hermano impresionado por la misericordia que podía leer en sus ojos; luego abrió la tenaza de su mano y la cabeza de Chatrian se sumergió pesadamente en el charco.

—Os concedo su vida; ya hemos dado demasiada carnaza a la huesuda. Ayudadme a ponerlo en pie.

El mercenario inglés tenía la mirada acuosa mientras se tambaleaba inseguro entre los dos caballeros, al fin pareció reaccionar y atrasó un paso con temor.

—Nada os debe preocupar más que la ventura de un viaje de regreso sin caballería —lo tranquilizó Guy—. Olvidaos de nosotros, e id con Dios.

Aún tuvieron tiempo de ver al caballero inglés desaparecer entre los árboles al otro lado del calvero, mientras recogían las armas desperdigadas por los alrededores y despojaban de arneses el cadáver del caballo. Cuando concluyeron la tarea, ayudándose de la mula, lo hicieron rodar por la barranquera para que sirviese de alimento a las alimañas.

Poco después, Roger montó sobre la acémila y depositó un susurro en su oreja con el mismo afecto que antes lo hiciera con sus caballos:

—Llévame, por tu vida, no te desmorones y tendrás doble ración de avena.

Luego, sin confiar demasiado en las posibilidades del animal, elevó un ruego que no era nuevo.

—Dulce Señora, que tu infinita bondad haga que esta misérrima cabalgadura aguante otra jornada —y se despidió de su hermano con una promesa—: Estaré de regreso antes de que podáis echarme en falta.

—Llevad cuidado por vos; yo me…

No pudo concluir la frase: un silbido sutil y, por unos instantes, familiar cruzó el espacio terminando en un golpe seco, apenas audible, como el tundir de la vara en la lana. Con expresión de incredulidad, Roger miró su pecho por donde asomaba el hierro del virote, después a su hermano, y se derrumbó sin proferir palabra.

Un alarido surgió de la garganta de Guy que levantó la cabeza del caído y leyó la muerte en sus ojos vidriados. Una nube de odio ingobernable cubrió su mirada mientras recogía la espada de Roger y se lanzaba a la carrera a través del claro en dirección a Chatrian de Essex, con toda la fuerza que le proporcionaba la desesperación.

—¡Judas! ¡Maldito traidor!

El de Essex, sin apremios, sujetaba el asa de la ballesta con el pie para engatillar la cuerda, colocaba una nueva saeta en el canal y procedía a apuntar cuidadosamente. Ahora, sus manos no temblaban al sujetar la máquina de matar que, previamente, había escondido en la espesura. Siempre le había gustado jugar con ventaja y de ello solía obtener buenos resultados: un templario yacía muerto y su compañero estaba a punto de reunirse con él. Se mantuvo a la espera; sabía que su enemigo nunca tendría tiempo de aproximarse lo necesario.

Guy era consciente de que se dirigía al encuentro con la muerte, pero no parecía importarle. La ira lo mantenía cegado y en su mente solo había una idea: matar al cobarde, vengar a su hermano.

Un rictus perverso creció en los labios del inglés. El templario ofrecía un blanco perfecto y fácil. Sus dedos se tensaron hasta presionar el gatillo y la flecha abandonó el armazón… Sin embargo, el tiro se perdió entre las nubes.

En el último instante, un hombre de corta estatura y tez cetrina surgió de entre la floresta a espaldas del caballero inglés y con agilidad felina tiró de su melena, para repetir maquinalmente una acción para la que había sido largamente entrenado. Deslizó su daga curva de lado a lado de la garganta del enemigo, produciendo un corte limpio y profundo que se llevó la vida del de Essex antes de que pudiera darse cuenta de ello. Cuando cayó al suelo, ya era un manantial de sangre, un cuerpo sin vida.

Guy, falto de resuello, detuvo la carrera. La perplejidad iluminó su rostro al reconocer la cicatriz que, cruzando sobre la ceja, recorría hasta el mentón el rostro de su antiguo servidor.

—¡Al-Maschtub!

El sirviente puso un pie sobre el cuchillo que acababa de utilizar y, de un brusco tirón, quebró su espiga.

—Su filo se ha mancillado con sangre de cerdo —aclaró a la vez que arrojaba la empuñadura sobre el cadáver.

Al caballero templario se le hizo insoportable el peso de la espada en la mano; la dejó caer para regresar junto al cuerpo de su hermano. Recogió la cabeza en su regazo y, largamente, lloró sin lágrimas.

—La Providencia no quiso que llegaras antes; ahora tendré que vivir el resto de mis días con la muerte del hermano sobre mi conciencia.

—*El alem allah.*[14]

El árabe se mantuvo a prudente distancia, respetando la aflicción de su antiguo señor durante el tiempo que duró el estertor sordo, el llanto apaciguado, de su pecho. Después,

14. Expresión árabe que quiere decir: Solo Dios sabe. Una forma más antigua del mismo significado, utilizada por los *franys*, fue «Alá ialem».

se acercó a él para depositar una mano firme, pero amigable sobre su hombro.

—Debéis terminar con esto lo antes posible; sabed que hay otros grupos tras vuestro rastro.

—¿Qué importa eso ahora?

—Tendría que importaros, de lo contrario, la muerte de vuestro hermano habrá sido inútil.

La mirada perdida de Guy mostraba sin lugar a dudas la inexistente decisión que albergaba su ánimo. El árabe lo zarandeó sin miramientos.

—Oídme: tenéis que poneros a salvo en el eremitorio de los locos que dejasteis atrás. Ocultad aquí mismo vuestras pertenencias, tiempo habrá de regresar a por ellas.

Luego, como avergonzado por el trato que daba a un anciano, dulcificó el tono de sus palabras.

—A partir de Estella, dejasteis un rastro fácil de seguir; desde entonces he venido cuidando de vos y cubriéndoos la retaguardia en la medida de lo posible, incluso hice de centinela cuando os refugiasteis en aquella extraña ermita, pero la edad no perdona, soy tan viejo como vos, y ahora mi voto está redimido y mi deuda saldada ante Alá. Nada me puede retener en tierras de infieles; sin embargo, no os encontráis con la fortaleza necesaria para continuar vuestro viaje y yo no puedo acompañaros. Renunciad, pues. Otros vendrán, vigorosos y jóvenes, para concluir la misión.

—Vé. No quiero retenerte. La obligación de dar tierra al hermano Roger y entregar el legado en Portugal es mía —musitó Guy con excesivo ánimo, pero escasa convicción.

El árabe resopló contrariado ante la testarudez del caballero para terminar consintiendo.

—Que Alá sea servido. Llevaremos los cuerpos al subterráneo y…

—Porta el del hermano; el otro déjalo en el camino para comida de cuervos y aviso de imitadores.

—Más prudente sería ponerlos juntos. Si son descubiertos, es preferible que en la comarca se difunda el rumor acerca de dos templarios muertos a que se sepa que aún queda uno por encontrar.

La cripta retumbó de forma extraña cuando el cuerpo inanimado de Chatrian golpeó contra el suelo. Al-Maschtub dejó a Guy descansando contra el muro mientras se dedicaba a la tarea de amortajar al templario muerto y revestir de hábito al de Essex, después de despojarlo de sus ropas y arrojarlas al fuego. Cuando hubo dado fin a la labor, cubrió con una manta los temblorosos hombros del caballero antes de ayudarle a incorporarse.

—La iglesia vieja será un buen refugio para vos.

Guy negó con el gesto.

—Mi camino debe terminar en Portugal, pero aún no hemos concluido aquí. Desembala la talla de Nuestra Señora; desde la hornacina santificará el lugar donde el hermano Roger yace.

El moro deslió el fardo y se entretuvo un tanto en la contemplación de la imagen.

—Cuántas penurias por un trozo de madera pintada… Doy gracias al Profeta por no permitir en sus fieles semejante idolatría.

—¡Enmudece, infiel! ¡No eches sal en mi herida! Complacido, cien veces daría mi vida por esa imagen, pero no por lo que lleva oculto. Sin embargo, el voto me obliga.

Al-Maschtub volvió el rostro sin comprender.

—¿Oculto?

—Ayúdame, te mostraré el motivo de nuestra misión. Por mi voluntad lo hubiese dejado en el fuego de donde nunca debió salir...

Mientras hablaba, el caballero terminó de descubrir la imagen y se deleitaba acariciando sus mejillas sonrosadas.

—Hermosa, como únicamente puede serlo la Madre de Dios.

Inesperadamente, colocó ambas manos sobre la corona de la talla. Con gesto brusco, la hizo girar y tiró de ella hacia arriba hasta oír en su interior el sonido metálico que dejaba libre el resorte que mantenía fija la peana.

Hizo girar la talla sobre su eje excéntrico y el hueco del pedestal quedó al descubierto. En su interior, un arca de plata pulida, sin decoración aparente, refulgía bajo la vacilante luz de la bujía.

—Aquí lo tienes... —espetó al levantar la tapa.

El árabe, sorprendido, pudo inspeccionar el interior del arca.

—¿Qué es?

—Basura.

El freire devolvió la imagen a su posición inicial para encastrar la corona, clausurando de esa manera el secreto de la talla. Tras reunir las escasas fuerzas que le quedaban, forzó la corona hasta desencajarla de su alojamiento.

—Vos, hermano Roger, custodiaréis la llave.

Ocultó la joya bajo el manto, en el lugar sobre el que descansaba la mano del freire yaciente. Tras hacer esto, se arrancó del cuello la bolsa de dineros y, contando treinta monedas, las arrojó a los pies de Chatrian de Essex.

—Disfruta de tu fortuna, Judas.

El resto se lo entregó al árabe:

—Te ayudarán a llegar a Gaza.

—No acepto limosna.

—Es el pago por tus años de servicio; yo no admito esclavos. ¿Tienes caballería?

Al-Maschtub asintió con el gesto.

—Salgamos de aquí.

En el exterior, con la ayuda de una rama de encina, el árabe removió las piedras sobre la entrada hasta provocar el derrumbe que la cegó. Después, acercó la mula hasta el caballero para ayudarlo a montar. Antes de subir al jumento, Guy le hizo un ruego.

—Orad por nosotros en Jerusalén.

El caballero templario afianzó la manta sobre sus hombros y taloneó los ijares de la acémila que, con un respingo, atiesó las orejas y se puso en marcha con paso incierto.

El árabe los miró partir. Conformaban una imagen triste y fantasmagórica que no tardó en diluirse entre la bruma.

Guy de Saint-Euvert no volvió la cabeza y el de la cicatriz tuvo la certeza de que el caballero nunca alcanzaría su destino.

Capítulo 8

Don Andrés cerró las tapas de hule negro del cuaderno y devolvió la estilográfica a su estuche de cuero, con ello daba por concluida la vertiente teórica de una investigación que ansiaba ratificar.

Su viaje a Toledo el día anterior, pese a no ser fecundo en cuanto a resultados, había servido para corroborar completamente sus sospechas y eso le producía una satisfacción que se reflejaba en su rostro, pero era una sensación incompleta porque al día siguiente tomaría el autocar para regresar a su tierra y aún no había solucionado el encargo que le hiciera Paulino. Consultó el reloj y un destello malicioso apareció en sus ojos: quedaba poco para eso.

Con la ayuda del bastón y armado con el cuaderno de notas bajo el brazo, abandonó la posada en dirección de la casa parroquial. Sin terminar de cruzar la plaza, modificó el rumbo para enfilar la empinada calle, al final de la cual, vivían Kiko y su familia. Llamó a la puerta y el amigo apareció en el umbral.

—¿Se encuentra tu padre en casa?

—Acaba de llegar. Pase, se alegrará de verle.

—No estés tan seguro.

Las palabras del profesor sorprendieron un tanto al muchacho, que no tuvo tiempo para pedir alguna aclaración porque en ese momento apareció su padre.

—¿Qué le trae por aquí?

—Disculpe mi intromisión. Tengo interés en recuperar alguna pieza que falta en el yacimiento.

Venancio guardó silencio, pero el movimiento nervioso de sus pupilas indicaba un cerebro trabajando a marchas forzadas.

—No comprendo…

—Un puzzle no se puede solucionar si faltan piezas; usted posee alguna que pertenece al rompecabezas de la Atalayuela, ¿me equivoco?

El hombre asintió y, apesadumbrado, introdujo su mano en el bolsillo para extraer del monedero su querido besante de oro.

—Pensé que no pasaría nada por quedármelo; había más.

El profesor le miró directamente a los ojos:

—No me refiero solo a esta moneda.

Venancio se sintió acorralado.

—¿Cómo lo ha sabido? No se lo he dicho a nadie…

—¿Y bien?

—De acuerdo, de acuerdo, supongo que no me queda otra salida.

El hombre se acercó a la vitrina de la sala y regresó con un estuche de joyería. En su interior, un destello áureo certificó la sospecha de don Andrés.

—La número treinta.

—¿Es importante eso? ¿Por qué treinta y no otro número?

—Fue una corazonada. Paulino encontró veintiocho monedas arrojadas a los pies de uno de los caballeros.

Todos sabíamos que usted tenía otra, tomada el día del accidente, pero existen muchos datos que abogan por la no pertenencia de ese cadáver a la Orden del Temple. Encontrar restos de ropa calcinada entre las cenizas del fuego también me hizo sospechar.

El profesor trasladó el trigésimo besante de oro a su bolsillo con una promesa:

—Hablaré con Paulino; él encontrará algún recurso legal que le permita tener una de ellas como recuerdo. Es lo menos que puedo hacer.

—¿Y la corona desaparecida?

El profesor puso una mano sobre el hombro de Kiko antes de responder a su pregunta.

—Hijo, eso es otro enigma que espero desvelar esta misma tarde gracias a la colaboración que prestasteis tanto Marta como tú. Si queréis acompañarme…

—Yo no me lo pierdo —Venancio se calzó la pelliza e, instantes después, el grupo se encontraba camino de la iglesia.

Antes de llegar, Kiko fue en busca de su amiga para reencontrarse con el grupo ante la puerta abierta del edificio. El jueves era el día que el sacristán dedicaba a la limpieza de la nave.

Penetraron en silencio y, como acordado tácitamente, se ocultaron en la oscuridad de los últimos bancos para esperar lo que, sin duda, habría de suceder.

Poco después, vieron a don Agustín abandonar la sacristía y detenerse meditabundo bajo la imagen central del retablo. Parecía haber encontrado respuesta para sus dudas pues se golpeó con el dedo índice en la frente y volvió a desaparecer para regresar con la escalera de aluminio que el profesor ya conocía.

Inseguro, el sacerdote subió los peldaños hasta llegar a la altura de la virgen. Tras santiguarse, introdujo la mano en el bolsillo de la sotana para sacar un pañuelo, con el que quitar el polvo a la talla, y dos bombillas que depositó a sus pies.

Abandonó la tarea con premura para dirigirse a uno de los confesionarios, situado junto a la entrada; entonces vio al grupo sentado en la penumbra y la extrañeza se reflejó en su rostro:

—¿Qué hacen aquí? —preguntó en un susurro.

—Supongo que lo mismo que usted: esperar. Me llama la atención la ofrenda tan peculiar que le ha hecho a la Virgen.

—¿Las bombillas? La principal dificultad que va a tener quien venga a comprobar si la corona pertenece o no a la imagen es llegar hasta ella; imagínese la alegría que le va a dar encontrarse con que el sacristán está reponiendo las bombillas del retablo. Háganme un hueco.

—¿Creen ustedes que realmente vendrá alguien? —Venancio no las tenía todas consigo.

Don Andrés y el párroco sonrieron, pero fue el segundo quien respondió:

—Seguro. Si le conoceré yo bien…

La espera de acontecimientos genera impaciencia que convierte los minutos en horas y a estas las hace eternas. Kiko se removía inquieto en la incomodidad del banco mientras Venancio consultaba su reloj cada cinco minutos.

—Es posible que nos hayamos equivocado… —aventuró el profesor, pero don Agustín atajó el comentario con seguridad.

—No se preocupe: este viene.

Las bisagras del pórtico se quejaron al ser giradas con precaución y una figura se introdujo en el recinto. Aunque desde donde estaban no podían distinguir sus rasgos, todos le reconocieron de inmediato.

Se detuvo un momento para recolocarse la trampa capilar desarbolada por el vientecillo de la tarde e inspeccionar los alrededores.

Lo que apreció le produjo la suficiente confianza como para acercarse hasta el altar. Subió los peldaños de la escalera sin sorprenderse demasiado de encontrarla en aquel lugar y desliando el pequeño paquete que portaba, colocó la corona sobre la cabeza de la virgen. Encajaba perfectamente. Con la mano en el mentón, se entretuvo unos instantes deleitándose ante el hecho.

De repente, la iglesia se iluminó y se pudo oír la voz recriminatoria de don Agustín desde el nivel del suelo.

—Muy mal, Sebas, fatal. ¿Cómo has podido hacer una cosa así?

—¿Eh?… —En el titubeo del alcalde se adivinaba la sorpresa que le producía verse descubierto—. Me… ¿Me esperaban?

—Algo, un pálpito, me dijo que tú estabas metido en esto. ¡Pero, hombre…!

—No te alteres, Agustín, que todo tiene una explicación. —Sebastián trataba de justificarse mientras bajaba la escalera. Al pie de ella, tropezó con don Andrés—. ¿Usted también estaba al tanto?

—En mi caso fue más sencillo: me lo dijeron Kiko y Marta. Cayeron en la cuenta de que el día que bajamos a Maurino en el coche no llevaba bicicleta, señal inequívoca de que había llegado al yacimiento en el vehículo de alguien; sin embargo, nosotros no vimos ningún automóvil en la carretera, ¿por qué?

—Lo dejé poco antes de llegar, en el camino que transcurre paralelo —aclaró el alcalde.

—Supongo que aprovecharía el desorden que se produjo cuando el vigilante capturó al muchacho para introducirse en la cava y sustraer la corona. —El arqueólogo descansaba su peso sobre la empuñadura del bastón y sonreía satisfecho.

—Lo cierto es que llegué allí sin intención de tomar nada, pero la tentación era grande... Hubiese preferido recoger un arma, pero las prisas...

—¡Y lo dices así, tan fresco!

—Agustín, no soy un ladrón. Pretendía que al menos una parte de la historia de nuestro pueblo no terminase enmoheciéndose en los sótanos de algún almacén de museo. ¡Y me alegro de haberlo hecho! Ahora ha quedado demostrada la línea irrompible que une al yacimiento con nuestra virgen de la Encina. No crean que se me van a olvidar sus ofertas de ayuda.

—Y tú no pienses que voy a colaborar con un ratero. —El religioso se mostraba verdaderamente enfadado.

—Don Agustín —intervino el profesor—, un ladrón se hubiese deshecho de la corona fundiéndola o tratando de venderla. Estábamos esperando aquí esta tarde porque intuíamos que quien lo hizo no lo era. —Y volviéndose hacia el alcalde añadió—: puede usted contar con mi ayuda.

—Sigo sin estar de acuerdo —renegaba tozudo el cura—, posiblemente esa corona encaje en otras cien tallas distintas.

—No lo crea —don Andrés mostraba su desacuerdo—. La corona no fue concebida como símbolo alegórico de majestad sino como algo mucho más profano: llave de una caja fuerte.

—Lla... ¿Llave de qué?

—Con un giro y una elevación se descorría el cerrojo de una oquedad secreta en el pedestal. Usted hubiera debido leer completamente el informe de la restauradora, en él se habla de cierta arqueta encontrada en su interior.

—Espere, espere... Esto me desborda. Únicamente pretendía corroborar la hipótesis que usted expuso la otra tarde. ¿Cómo sospechar que...? Creo que debería explicarnos todo esto con el debido detenimiento. —En la voz del alcalde se apreciaban timbres de angustia que animaron a todos a apoyar su petición. El párroco pidió a su hermana que se uniese a ellos mientras los demás se repartían los asientos en torno al profesor.

Don Andrés sonrió. La escena le recordaba el capítulo final de las antiguas novelas policíacas, donde el lúcido detective protagonista reunía a todos los sospechosos del crimen de la mansión para descubrir indefectiblemente al asesino... y, en cierta forma, de eso se trataba, porque en la Atalayuela se encontraban las huellas de dos crímenes.

Comenzó por relatar pormenorizadamente su viaje matinal a Toledo, para tener una entrevista con la restauradora de la obra de arte. La mujer aún recordaba ese trabajo pese a los años transcurridos, porque fue el primer encargo importante que recibió en su taller recién instalado y por las inusuales características de la propia talla.

Nunca olvidaría la perplejidad que le produjo descubrir, en las radiografías que mandó hacer de ella, el eje metálico que la recorría desde la cabeza al pedestal.

En su remate inferior, una leva excéntrica resbalaba sobre un pequeño garfio que aseguraba el cierre. En el superior, una llave, encajada en cuatro muescas asimétricas, haría que girase un piñón, poniendo en movimiento el ingenio que separaba ambas partes de la imagen.

—Le pregunté si habían llegado a construir la llave que encajaba en los alojamientos… No hubiese servido de nada —se excusó—. El tiempo había soldado con óxido el mecanismo y hubiera sido imposible hacerlo funcionar antes de la restauración. Fue una ardua tarea desmontar, una a una, todas las piezas de la talla para proceder a su reparación y montaje posterior.

Las radiografías también pusieron al descubierto otra revelación inesperada: una estructura rectangular en el hueco oculto de la peana.

Cuando llegaron a ella, descubrieron que se trataba de una arqueta de plata pulida, bien conservada, sin adornos o inscripciones salvo dos marcas en su tapa, parecidas a cuñas o puntas de lanza.

—La talla —continuó el profesor—, en sí, no es una pieza insólita. Se encuentra dentro del grupo de lo que se ha dado en llamar «imágenes ecónomas», utilizadas por sus poseedores como escondrijo donde ocultar objetos importantes de la comunidad o, en épocas de gran inquietud, las sagradas formas de la Eucaristía. Comprenderán su ansiedad al levantar la tapa del hallazgo y su decepción al descubrir su contenido…

—Documentos secretos —aventuró Marta.

—Objetos sagrados —propuso Venancio.

Manuela, con su gesto peculiar, dejó colgar las gafas de la cadena y se frotó los ojos:

—Restos humanos.

—Exactamente. La imagen era en realidad un relicario. El arca estaba revestida en su interior con cedro del Líbano que, como ustedes saben, es una madera prácticamente incorruptible que posee la propiedad de conservar de la misma manera lo que contiene.

El párroco se revolvió azogado en su asiento antes de preguntar:

—¿A quién pertenecieron? ¿Qué fue de ellos?

—Las autoridades eclesiásticas enviaron a un forense para que se hiciera cargo de todo. Sin embargo, aún me faltaban respuestas y en busca de ellas fui al Museo Diocesano; allí, poca información obtuve aparte del escueto rótulo con que se expone la imagen con su arqueta. En Administración pude conseguir un dato preciso: las señas de quien fuera director del museo por aquellas fechas. Resulta que el hombre deja transcurrir plácidamente su jubilación en la residencia dependiente de la diócesis. La conversación con él fue muy agradable. Recordaba haber recibido ambas piezas, en su museo, restauradas y vacías. Al parecer, los restos humanos estaban tan calcinados que resistieron cualquier tipo de análisis por parte del forense. Entonces, no había demasiados medios. ¿Cuántos años hace de esto?… ¿Veinte?; no, casi treinta.

»—¿Qué hicieron con ellos? —quise saber.

»—Demasiadas reliquias falsas andan rodando por ahí para mantener otras desconocidas o dudosas. Usted no ignora que la práctica habitual en la Edad Media era inhumar a los fallecidos. La incineración era una solución extrema que se utilizaba cuando, en ocasión de epidemias, era urgente deshacerse de los cuerpos. También se pasaba por las brasas a herejes y reos de brujería, en cuyo caso no se los enterraba en sagrado, como medio para cerrarles el paso a la vida eterna…

»Los restos terminaron siendo llevados al cementerio municipal para darlos sepultura en la fosa común… ¿Recuperarlos, dice? Imposible. Cada diez años se remoza para recibir nuevos restos; de los que a usted le interesan solo queda el recuerdo.

—Todo eso está muy bien, pero no veo qué relación puede guardar con la Atalayuela. —Don Agustín retornaba a la batalla con fuerzas renovadas.

—La idea se la debemos a Manuela. Gracias a ella, sospechamos que la cripta pudiera no tratarse de una tumba como creímos en principio. La suposición de un viaje interrumpido bruscamente fue tomando cuerpo paulatinamente. Uniendo todos los datos obtenidos hasta el momento —explicó el profesor, que levantó la mano en la que sostenía su libreta de trabajo—, puedo sugerir unos hechos que quizá no estén demasiado lejos de la realidad, aunque no haya forma de comprobarlos —carraspeó—: en el primer cuarto del siglo XIV, un grupo de personas abandonó Francia para dirigirse a un destino indeterminado cuyo camino transcurría a través de tierras castellanas. Debían de ser al menos tres, dos de ellos templarios, ya que se han encontrado sus vestigios, y otro, que no lo sería, puesto que sus aparejos no eran los normalmente utilizados por la templería... Posiblemente, cumplieran la misión de trasladar en secreto la imagen sagrada de su Orden, junto con lo que guardaba en su interior, a un lugar seguro cuando el país galo dejó de serlo.

»En un momento dado, el componente del grupo que no pertenecía al Temple, dio muerte por la espalda a uno de los caballeros —Paulino refirió una fuerte escarificación en las vértebras lumbares del cuerpo «A»—, y, a su vez, fue pasado por las armas por el tercer integrante, ya que el forense encontró señales de estas en las vértebras cervicales de «B». Para que un cuchillo deje marcas similares en el hueso, previamente ha tenido que provocar daños irreversibles en los órganos del cuello.

»La suposición de que «B» fue el traidor y no el tercer caballero viene dada por la aparición de los treinta besantes de oro arrojados, que no depositados, a sus pies.

Don Andrés se volvió hacia el padre de Kiko.

—Vea usted la importancia de no alterar en lo más mínimo lo que se encuentra en los yacimientos. Ignoro sus motivos, pero supongo que el superviviente tuvo necesidad de aparentar su fallecimiento revistiendo el cadáver con sus ropas y tapiar la cripta para regresar posteriormente a recoger lo guardado…

»El secreto ha permanecido escondido todos estos años, luego resulta evidente que no pudo cumplir el propósito inicial de trasladar los misteriosos restos humanos, no sé, posiblemente a Tomar, en Portugal, donde el rey Dionís se erigió en el primer maestre de una Orden llamada de Cristo, en la que se recogieron los templarios portugueses y los apátridas llegados de otras latitudes. Lo que tenemos seguro es que no consiguió regresar a por ellos.

Ahora fue Sebastián quien interrumpió al profesor.

—¿Existe forma de saber a quién pertenecieron esos restos?

Inesperadamente, la respuesta no vino de don Andrés sino de Manuela:

—¿Aún no se han dado cuenta? Sin duda se trataba de los despojos, recogidos en la pira funeraria, de Jacques de Molay, el último maestre templario.

—Eso pienso —apoyó don Andrés—. En la cubierta de la arqueta aparecen dos incisiones, poco profundas y en forma de punta de lanza, que debo contrastar cuando llegue al estudio, pero que, imagino, se trata de guarismos que forman parte de la escritura secreta que los templarios utilizaban para ocultar sus transacciones económicas. Les aseguro que no me extrañaría descubrir que estas marcas se corresponden con las letras jota y eme, es decir, con las iniciales de Jacobo Molayo, el nombre latino del maestre.

—¿Y el milagro de la aparición de la Virgen? —Se podía apreciar el desencanto que emanaba de la pregunta de Kiko. El profesor no pudo evitar unas palabras de consuelo.

—¿Deseas creer en él? Hazlo. Te aseguro que en toda esta historia ha debido de haber alguno; quizá tú seas el único capaz de apreciarlo.

Manuela se puso en pie y salió hacia la iglesia para admirar la imagen con su nueva corona. Los demás la oyeron asegurar:

—Ciertamente ahora es aún más hermosa.

Y estuvieron de acuerdo.

—¿Les apetece un café bien caliente? —ofreció.

—... Manuela, Marta, Kiko, su padre, Sebastián, Marcelo y su esposa... —El profesor cerró los ojos y dejó que la suspensión del autocar, que lo llevaba de regreso, meciera maternalmente su asiento. El vehículo pasó junto a la iglesia de don Agustín; alrededor del campanario revoloteaban los últimos vencejos remisos a emigrar con el final de la temporada. En su ir y venir alocado, sin aparente concierto, presentía una parábola de vidas entrecruzándose vertiginosamente en la velocidad del vuelo, tan lejanas y, de repente, tan próximas…

Iba a regresar, se prometió. Tenía que hacerlo, aunque fuese durante unos días, para reencontrarse con los amigos que allí dejaba.

Sin duda, la creación del Museo Etnológico de la localidad sería su mejor excusa.

Epílogo
Mayo de 1785

—¿Remigio Alcubilla?

El cabrero observó al caminante que había llegado hasta su puerta. No era joven, pero su aspecto denotaba fortaleza y su mirada aún no había perdido la decisión de los años mozos.

Los perros habían advertido con anterioridad la presencia del extraño que se acercaba por el camino, pero, confiado en que pasaría sin detenerse, no puso interés en él hasta que oyó los golpes en la madera.

—¿Qué deseas?

—Vengo del Brasil camino de Talavera, pero me he desviado del camino para traerte noticias de tu hermano.

Repentinamente, un enorme vacío se instaló en el estómago de Remigio: ¡su hermano...! No sabía de él desde que, diez años atrás, abandonara el pueblo para embarcarse en la aventura americana.

Casi avergonzado por el tono trémulo de su voz, invitó a pasar al viajero.

—Eres bienvenido en esta casa; compartiremos la cena y, si no dispones de mejor lugar, estaré gustoso de que pases aquí la noche.

El olor del guiso que pendía sobre el hogar no dejaba dudas sobre la pobreza de su anfitrión. El recién llegado sacó de su morral un paquete con tocino salado y una ristra de chorizos.

—Hagámosle compañía al caldo, que barriga vacía nunca viajó largo.

Rieron antes de estrecharse en un abrazo; después, Zacarías Melo, que así se llamaba el viajero, relató los pormenores de la odisea de su antiguo compañero de fatigas, Rafael Alcubilla:

—Harto de trabajar sin conseguir quitarse el hambre de encima, un día abandonó las tierras del amo para buscar su ventura.

En los muelles de Cádiz estuvo trabajando durante tres años hasta conseguir el boleto que, tras un largo periplo, lo llevaría hasta las américas portuguesas. Arrendó un pedazo de selva y, gracias a Dios, tuvo la sensatez necesaria para no escuchar los cantos de sirena de los buscadores de oro y esmeraldas, y dedicarse al comercio de la madera… Ahora, ofrecía a Remigio la posibilidad de unirse a él en el negocio. No le iba mal y sufría pensando en las penalidades que estaría pasando su hermano en España.

Lástima que, junto a la oferta, no le hubiese hecho llegar el dinero necesario para el pasaje.

Aquella noche ninguno de los dos hombres fue capaz de conciliar el sueño. El cabrero, por la desazón en que lo sumía saber que ni aun vendiendo todas sus pertenencias alcanzaría para cubrir los gastos del viaje, y Zacarías Melo porque, a cada vuelta que daba en el jergón, se le incrustaba en los riñones la bolsa con plata que tenía que haber entregado a Remigio junto con el mensaje. Le vendría de maravilla para instalar el negocio de sus sueños.

A la mañana siguiente, el hombre se puso de nuevo en camino dando gracias a su buena estrella por la simpleza de carácter del pastor y por los dineros que tintineaban en su faltriquera. Si algún día se evidenciaba el engaño, lo podían buscar en Talavera cuanto quisieran, él estaría en Sevilla disfrutando plácidamente de su batán en el río Guadalquivir.

Remigio, por su parte, quedó pensativo y cabizbajo elucubrando la manera de conseguir el dinero necesario para cruzar el mar.

El hombre prendió una torcida y, a manera de lamparilla, dejó que se consumiese día y noche ante el escapulario de la virgen del Carmen, única herencia y memoria de su madre que, colocado sobre una tabla, ocupaba el lugar preferente en el chamizo.

A partir de aquel día, nunca dejó de orar ante ella en la madrugada, cuando salía a pastorear el ganado de los vecinos del pueblo, y en la intimidad de la noche, cuando las cabras quedaban encerradas en el redil próximo a la vieja y desmochada torre de vigilancia.

—Mejor hubiera sido no saber de Rafael… —La desazón le hacía lamentarse continuamente. El dinero que diese la venta de la choza con su pequeña huerta enriscada en la barranquera y el aprisco de las cabras, todo el patrimonio que poseía, no alcanzaría, con mucho, para iniciar su odisea.

Convencido de que se enfrentaba con un imposible, trató de alejar de su mente la idea del viaje, pero, día a día, la ansiedad, lejos de desaparecer, fue creciendo en su interior hasta convertirse en una obsesión.

Pasaron las semanas y el transcurrir del tiempo no lograba mitigar su desasosiego, antes bien, la visión de una imaginaria hacienda indiana en medio de praderas verdes moteadas de puntas de ganado, se presentaba en su cerebro en cualquier momento, de forma recurrente, para ahuyentarle el descanso.

Pero una noche, cuando mayor era su desesperación, un hecho fortuito, inesperado, hizo variar el rumbo de sus pensamientos.

Aquella fecha aciaga, tras encerrar a las cabras, regresaba hacia su cabaña, cuando una tempestad se desató con violencia inusitada. En la tarde, había observado las nubes, negras como su fortuna, sin demasiada preocupación. Llevaba a sus espaldas tantas tormentas pasadas a la intemperie que, aunque las respetaba, no producían temor en su ánimo.

Todo sucedió en instantes.

No había hecho más que trabar la cancela del aprisco, cuando el cielo se abrió con una explosión casi sobrenatural y un resplandor que lo dejó ciego... Al recobrar la vista, la cabeza le dolía sobremanera y un olor extraño, mezcla de ozono y carne quemada, le irritaba el olfato.

La visión de su desgracia le hizo caer de rodillas. El tejado del aprisco se había venido abajo, sepultando entre sus escombros al temeroso rebaño de cabras y aún alcanzó a ver, diseminados en torno a la encina que ardía junto a uno de sus muros, algunos de los cadáveres de los animales que habían permanecido en el exterior.

El grito de rabia e impotencia que pugnaba por salir de su garganta fue acallado por el estruendo de nuevas chispas eléctricas que descargaban próximas. Se encontraba en el ojo de la tormenta, allí donde su poder todo lo alcanza.

Aterrorizado, comenzó a correr sin dirección definida hasta perder la cuenta de las veces que caía para arrastrarse sobre el barro y levantarse de nuevo. No ignoraba que correr bajo la tormenta era una invitación al suicidio, pero su cabeza había perdido cualquier vestigio de cordura y una única idea martilleaba sus sienes: sobrevivir.

Instintivamente, sus pasos lo llevaron ante una angosta zorrera abierta en la ladera del barranco de la atalaya; sin detenerse a pensarlo, se introdujo a gatas y, hecho un ovillo, se acurrucó contra el muro.

Lágrimas de pánico se mezclaban con la lluvia que escurría de su cabello mientras daba diente con diente, sin poder controlar la tiritera que lo tenía preso.

Los truenos retumbaban en aquella tétrica oquedad y, al poco, venían acompañados del resplandor azulado de los relámpagos, que iluminaban secuencialmente el interior del refugio con una luz tan intensa que los sentía refulgir a través de los párpados cerrados.

El torrente de barro que escurría por la ladera hizo caer una roca ante la boca de la cueva. Se sobresaltó. Abrió los ojos y entonces fue consciente de que no estaba solo. Desde el muro contrario, dos pares de luces cristalinas le estaban observando.

Una nueva detonación y al resplandor que lo siguió pudo distinguir la imagen maternal de una virgen que le recogía en la mirada.

La sorpresa le hizo perder el miedo justo el lapso de tiempo entre un trueno y otro, después retornaron los temblores aunque con intensidad decreciente porque el temor, a la vez que la tormenta, se iba diluyendo en el horizonte.

Nunca supo cuánto tiempo pudo permanecer en aquella situación ya que, cuando la serenidad retornó a su ser, la noche había transcurrido y un tímido rayo anaranjado de sol de agua se colaba por la abertura de la cava.

Avanzó un paso hacia la imagen sintiendo que algo, quizá una rama seca, crujía bajo sus pies.

Al siguiente paso, el sonido persistía y Remigio se inclinó para encontrar el motivo… La impresión le hizo caer de espaldas. Una calavera le observaba desde las cuencas vacías de sus ojos con las mandíbulas abiertas en la última sonrisa.

A gatas abandonó el subterráneo y no dejó de correr hasta que la proximidad de los cadáveres de las cabras le hizo recordar su tragedia. Rompió a llorar, al principio con mesura, después, imbuido en la desesperación, clamando contra los cielos:

—¿Por qué te ensañas conmigo? ¿Acaso no soy tan pobre como quieres? ¿No es suficiente para ti? No tengo aprisco, ni ganado ajeno que cuidar… ¿Cómo será mi suerte a partir de ahora?

Fue como un chispazo, un nuevo relámpago que estalló esta vez dentro de su cabeza y le hizo ver nítidamente, como si alguien hubiese transportado esa imagen a su cerebro. En torno a la encina calcinada, yacían algunas cabras sin vida y el conjunto, inconscientemente, le recordaba algo, pero… ¿qué?

Sonrió con malicia. De alguna forma, le traía a la imaginación la escena representada en el escapulario de su madre: una turba de adoradores alrededor de...

La idea quedó clavada en su mente e hizo que el miedo se transformase en osadía rayana con la temeridad. ¿Por qué no? Ante él estaba el tocón requemado del árbol y a su espalda una talla desconocida de la Virgen, nada menos que de la Santísima Virgen...

Sin pensarlo demasiado, desanduvo el camino hacia la cava y, decidido, penetró en su penumbra. Ya no importaba que aquello fuese una sepultura, ni que la Inquisición pudiera acusarlo de profanador de tumbas. Nada tenía valor alguno ante la meta que se había fijado. Depositó la imagen en el exterior, el tiempo que empleó en tapiar la entrada con losas y piedras desprendidas del torreón que recubrió después con barro y ramas. Un chaparrón más y sería imposible distinguirla de su entorno. Si casualmente se descubría, no había habido testigos y por tanto... ¿quién podría acusarle de algo punible? Nunca llegó a saber que su pie había pasado por encima de una fortuna en oro.

Su entrada en el pueblo fue épica: cubierto de barro hasta el último cabello, las manos heridas y ensangrentadas por el trabajo de tapiado y cargando sobre sus hombros una imagen cuyo peso le encorvaba la espalda peligrosamente.

Llegado ante la puerta de la iglesia, se derrumbó sin fuerzas. No necesitaba fingir, estaba realmente exhausto.

El grupo de vecinos que lo seguía desde la entrada del pueblo tardó en entender las palabras que entrecortadamente fluían a sus labios:

—… Un milagro… La Virgen… Las cabras, muertas todas…

Recuperados los ánimos en el fondo de un cantarillo de vino que los vecinos le hicieron trasegar, se repuso lo suficiente como para referir su historia de la aparición de la Virgen y cómo esta le había salvado de perecer junto a los animales.

El corrillo de boquiabiertos paisanos iba en aumento. Al rato, todo el pueblo comentaba la buena nueva y con cada boca que trasladaba el hecho, aparecían matices inéditos en la narración; así, no fue solo la Virgen, sino toda una cohorte angelical que la acompañaba, quienes cerraron las compuertas del cielo para detener la tormenta…

Aquella misma noche y otras muchas más, se hizo vigilia ante la imagen e incluso se formó un grupo de viudas, concertadoras de turnos, para que a lo largo de las veinticuatro horas del día no faltara quien orase ante la santa aparición.

Remigio sentía que los sucesos se le escapaban de las manos. Nunca hubiera supuesto que el pueblo podía reaccionar de la manera que lo hizo y por ello estaba realmente temeroso: si la fama del prodigio trascendía, no tardaría en presentarse una delegación del Santo Oficio para aclarar los hechos. Por eso, cuando transcurrieron las semanas y el fervor desmedido de sus paisanos se fue calmando sin que nadie extraño apareciese por el lugar, su ánimo se tranquilizó lo suficiente como para seguir con los planes que se había trazado.

La iglesia seguía llenándose a las horas de misa, pero ya nadie quedaba en la calle porque se abarrotara el recinto sagrado, y el grupo de adoratrices había reducido el horario a una visita todas las tardes de la semana.

—Compadre Miguel Ángel, tienes que ayudarme…

El sacristán dejó el apagavelas tras el retablo del altar y se concedió el tiempo que tardaron en humear antes de responder:

—Mira, Remigio que me pones en un brete. Si se descubre el asunto, somos reos de inquisición sin remedio —alegó.

—Nadie va a descubrirnos. Tú solo tienes que dejar el portillo abierto, lo demás es cosa mía.

—¿Cosa tuya? ¿Y además quieres que te preste el asno para transportar la imagen…? Tú andas buscando mi ruina.

—Tu fortuna es lo que quiero. Del Brasil te enviaré plata con la que podrás reunirte con nosotros. Algún día regresaremos los tres, pero ya no seremos los mismos ganapanes de ahora.

El sacristán dudaba:

—No sé… Una noche, solo una, eh, dejaré sin cancela el portillo trasero. Al menor contratiempo que se presente, me desentiendo del asunto —advirtió.

Al día siguiente, no hubo otro comentario en el pueblo que la sorpresa que se llevó el señor cura cuando, al oficiar la primera misa de la mañana, encontró vacío el hueco de la capilla. Rumores que fueron en aumento cuando, pasado el ángelus, Remigio llegó al pueblo renegando de los mozos y maldiciendo a los pillastres que se habían entretenido en cambiar la imagen de lugar, llevándola de nuevo hasta la chamuscada carrasca donde se había aparecido.

En las cuatro noches siguientes se repitió el mismo hecho. Tres de ellas, Remigio devolvió la imagen al pueblo; la cuarta se presentó en él con las manos vacías:

—Si queréis la imagen, id a buscarla al aprisco, yo ya me he desengañado.

Los mozos, amoscados, cargaron de nuevo la talla hasta su lugar en la iglesia, y un poco hartos de tanto ir y venir divino discutieron y razonaron hasta que las mentes más lúcidas tuvieron la feliz ocurrencia:

—Está claro que Nuestra Señora no quiere permanecer en el pueblo. No sabemos por qué, pero prefiere aquel lugar plagado de excrementos de cabra; en fin, allá ella. Construyámosla allí un altar, una ermita…

Los vecinos consintieron en la esperanza de dar fin a tanto trajín virginal, aunque Remigio se mostró renuente:

—Si os cedo las tierras para tal fin, vosotros seréis más ricos puesto que contaréis con la presencia de la Madre de Dios, y yo más pobre, ya que perderé mi único medio de subsistencia.

El alegato del cabrero hizo mella en la voluntad de las gentes. Pero comprar tierras conlleva tener que soltar dinero y para eso, por mucho interés divino que hubiese por medio, había que cerciorarse de no ser víctimas de un engaño.

Aquella misma noche, un grupo de gañanes conjurados retuvo al cabrero más de la cuenta en la taberna.

Clareaba la mañana cuando, con paso vacilante, lo dejaron en el camino de su choza, y se dirigieron en grupo a escuchar la primera misa del día.

Al entrar en la iglesia, la estupefacción les hizo enmudecer:

¡La capilla de la Virgen de nuevo estaba vacía!

❀❀❀❀❀

Ahora, Remigio, desde la cubierta del barco que lo trasladaba a las Indias, recordaba aquellos días con un regustillo placentero.

Después de aquella noche, ya nadie en el pueblo albergó dudas sobre la voluntad de la Virgen, ni vaciló en pagar el elevado precio que el cabrero exigía por su terreno, ahora evidentemente santo... Y todo, sin duda, gracias a su compadre Miguel Ángel.

No lo hablaron nunca, pero, tácitamente, sabía que solo él pudo trasladar la imagen aquella noche aciaga en que los mozos lo retuvieron más de la cuenta ante unas jarras de vino.

—Gracias, sacristán —gritó al mar—; no olvidaré mi promesa.

A muchas leguas de allí, en la flamante ermita de la Virgen de la Encina, el compadre de Remigio encendía las velas para la misa de consagración, pero su pensamiento distaba mucho de la ceremonia que se iba a celebrar.

Se alegró en su fuero interno, dando gracias a Dios por no consentir que Remigio se enojara la última vez que desapareció la imagen, pese a que él no pudiera cumplir su parte del trato.

Aquella noche le fue imposible dejar abierto el portillo trasero porque el grupo de adoratrices, en confabulación con los demás lugareños, había obtenido permiso del señor cura para pasar toda la noche en rezos en la sacristía, custodiando las llaves de la iglesia.

Sin duda, Remigio había encontrado la forma de entrar y llevarse la imagen sin que nadie pudiera percibirse de ello…

—¡Ojalá te acuerdes de mí, gañán!

Desde primera hora de la mañana, ante la explanada de lo que fuera un redil de ganado transformado ahora en recinto de capilla, se reunía una muchedumbre heterogénea que sobrepasaba en número la capacidad de la edificación.

El fervor imponía pasión y desafinos en las gargantas de la muchedumbre al entonar el *Te Deum* en medio de la celebración que se iba desarrollando en calma y con recogimiento, rodeada de una fraternidad inusual que engrandecía las almas de los congregados.

Embebido en esa atmósfera especial, el sacerdote, de espaldas a la multitud, elevaba la Sagrada Forma en la consagración cuando, atónito, observó que… ¡en los labios de la virgen de la Encina se había dibujado una espléndida sonrisa!

Alarmado, se volvió hacia sus feligreses, pero estos permanecían atentos a la misa, devotamente arrodillados sin ser, en apariencia, conscientes del prodigio.

Alzó de nuevo el pan de la comunión, manteniéndolo en el aire durante un tiempo excesivo que hizo que el desconcierto y los murmullos se generalizasen en la nave hasta alcanzar el exterior… ¿Qué le pasa al señor cura? ¿Le ha dado un aire?

El religioso, totalmente ajeno a los comentarios que suscitaba, permanecía con los ojos clavados en aquella imagen embrujadora: «¿Una sonrisa…? Imposible», se decía una y otra vez. «Quizá…, casi seguro, ¿qué otra cosa puede ser más que el juego de contraluces que los pabilos de los cirios dibujan en el rostro de la imagen?…».

SIGILLVM:MILITVM

Si has disfrutado de la lectura de **La cripta de los Templarios,** tenemos otros títulos en nuestra editorial que también te gustarán.

TODAS ESTAS NOVELAS LAS PUEDES CONSEGUIR
EN TU LIBRERÍA FAVORITA O EN:

www.drakul.es

El hombre que viene mañana
Francisco Romero Mendía

El aliento negro de Dios
Manuel Nonídez

Los huéspedes
Rubén Sánchez Trigos

La noche de Alameda
José Luis Nebreda

La aceituna del banquete
Alex Ordiales

Mihal, el guerrero
Javier Ortiz

Sara y el emisario
Andrés Mauleón

Sara y la serpiente
Andrés Mauleón

La sombra de Sara
Andrés Mauleón

Betamax. Una comedia con superpoderes
J.Olloqui

Sobreviviéndome
Rubén Zamora

EON SAGA. Vikingos y Dinosaurios
Guillermo Lance

Ina de Lliria, y el destino de los dioses griegos
Guillermo Lance

El Arlequín Rojo. De Máscaras y Cromas
Roberto Ricci

Crónicas del Rey Bárbaro. Los hijos del escorpión
Guillermo Lance

El Arlequín Rojo. El reino del engaño
Roberto Ricci

El extraño caso del Doctor Jekyll y Mister Hyde
Robert Louis Stevenson